JOACHIM RINGELNATZ

Jeder summt sein Sümmchen

W0403421

Aushilfe in einer Schlangenbude, Buchhalter eines Reisebüros, Bibliothekar, Fremdenführer, Marineoffizier, Maler, Kabarettist – was Hans Gustav Bötticher in seinem Leben nicht schon alles war. Vor allem war er aber eins: Dichter. Unter dem Pseudonym Joachim Ringelnatz veröffentlichte er unzählige Gedichte, darunter seine wunderbaren *Turngedichte*, die Gedichte von *Kuttel Daddeldu*, dem Seemann mit dem großen Herzen, sowie die *Reisebriefe eines Artisten*, seine mal melancholisch, mal skurrilen Städte- und Reisegedichte. Doch es gibt noch so viel mehr von Ringelnatz zu entdecken. Scherz trifft Ernst, Nonsens begegnet bitterer Zeitkritik, Skurriles steht neben poetischer Gedankenlyrik. So vielseitig ist Ringelnatz!

JOACHIM RINGELNATZ

Jeder summt sein Sümmchen

Gedichte

Auswahl und Nachwort von Walter Pape

RECLAM

Gedichte

1910

Ich werde nicht enden zu sagen:
Meine Gedichte sind schlecht.
Ich werde Gedanken tragen
Als Knecht.
Ich werde sie niemals meistern
Und doch nicht ruhn.
Soll mich der Wunsch begeistern:
Es besser zu tun.

Freude

Freude soll nimmer schweigen.
Freude soll offen sich zeigen.
Freude soll lachen, glänzen und singen.
Freude soll danken ein Leben lang.
Freude soll dir die Seele durchschauern.
Freude soll weiterschwingen.
Freude soll dauern
Ein Leben lang.

Die Schnupftabaksdose

1912

Die Schnupftabaksdose

Es war eine Schnupftabaksdose,
Die hatte Friedrich der Große
Sich selbst geschnitzelt aus Nussbaumholz.
Und darauf war sie natürlich stolz.

Da kam ein Holzwurm gekrochen.
Der hatte Nussbaum gerochen.
Die Dose erzählte ihm lang und breit
Von Friedrich dem Großen und seiner Zeit.

Sie nannte den alten Fritz generös.
Da aber wurde der Holzwurm nervös
Und sagte, indem er zu bohren begann:
»Was geht mich Friedrich der Große an!«

Ein männlicher Briefmark erlebte
Was Schönes, bevor er klebte.
Er war von einer Prinzessin beleckt.
Da war die Liebe in ihm erweckt.

Er wollte sie wiederküssen,
Da hat er verreisen müssen.
So liebte er sie vergebens.
Das ist die Tragik des Lebens!

Die Ameisen

In Hamburg lebten zwei Ameisen,
Die wollten nach Australien reisen.
Bei Altona auf der Chaussee
Da taten ihnen die Beine weh,
Und da verzichteten sie weise
Denn auf den letzten Teil der Reise.

So will man oft und kann doch nicht
Und leistet dann recht gern Verzicht.

Es bildete sich ein Gemisch
Von Stachelschwein und Tintenfisch.
Die Wissenschaft, die teilt es ein
In Stachelfisch und Tintenschwein.
Der Fisch bewohnt den Ozean.
Gefährlich ist es, ihm zu nahn.
Das Tintenschwein trifft man in Büchern,
An Fingerspitzen, Taschentüchern.
Es ist – das liegt ja auf der Hand –
Dem Igelschwein noch sehr verwandt.

An einem Teiche
Schlich eine Schleiche,
Eine Blindschleiche sogar.
Da trieb ein Etwas ans Ufer im Wind.
Die Schleiche sah nicht, was es war,
Denn sie war blind.
– –
Das dunkle Etwas aber war die Kindsleiche
Einer Blindschleiche.

Logik

Die Nacht war kalt und sternenklar,
Da trieb im Meer bei Norderney
Ein Suahelischnurrbarthaar. –
Die nächste Schiffsuhr wies auf drei.

Mir scheint da mancherlei nicht klar,
Man fragt doch, wenn man Logik hat,
Was sucht ein Suahelihaar
Denn nachts um drei am Kattegatt?

Turngedichte

1920/23

Turner-Marsch

(Melodie: Leise flehen meine Lieder)

Schlagt die Pauken und Trompeten,
Turner in die Bahn!
Turnersprache lasst uns reden.
Vivat Vater Felix Dahn!
Lasst uns im Gleichschritt aufmarschieren,
Ein stolzes Regiment.
Lasst die Fanfaren tremulieren!
Faltet die Fahnen ent!

Die harte Brust dem Wetter darzubieten,
Reißt die germanische Lodenjoppe auf!
Kommet zu Hauf!
Wir wollen uns im friedlichen Wettkampf üben.

Braust drei Hepp-hepps und drei Hurras
Um die deutschen Eichenbäume!
Trinkt auf das Wohl der deutschen Frauen ein Glas,
Dass es das ganze Vaterland durchschäume.
Heil! Umschlingt euch mit Herz und Hand,
Ihr Brüder aus Nord-, Süd- und Mitteldeutschland!
Dass einst um eure Urne
Eine gleiche Generation turne.

Klimmzug

Das ist ein Symbol für das Leben.
Immer aufwärts, himmelanstreben!
Feste zieh! Nicht nachgeben!
Stelle dir vor: Dort oben winken
Schnäpse und Schinken.
Trachte sie zu erreichen, die Schnäpse.
Spanne die Muskeln, die Bizepse.
Achte ver die Beschwerden.
Nicht einschlafen. Nicht müde werden!
Du musst in Gedanken wähnen:
Du hörtest unter dir einen Schlund gähnen.
In dem Schlund sind Igel und Wölfe versammelt.
Die freuen sich auf den Menschen, der oben bammelt.
Zu! Zu! Tu nicht überlegen.
Immer weiter, herrlichen Zielen entgegen.
Sollte dich ein Floh am Po kneifen,
Nicht mit beiden Händen zugleich danach greifen.
Nicht so ruckweis hin und her schlenkern;
Das passt nicht für ein Volk von Turnern und Denkern.
Klimme wacker,
Alter Knacker!
Klimme, klimb
Zum Olymp!
Höher hinauf!
Glückauf!
Kragen total durchweicht.
Äh – äh – äh – endlich erreicht.
Das Unbeschreibliche zieht uns hinan,
Der ewigweibliche Turnvater Jahn.

Freiübungen
(Grund-Stellung)

Wenn eine Frau in uns Begierden weckt
Und diese Frau hat schon ihr Herz vergeben,
Dann (Arme vorwärts streckt!)
Dann ist es ratsam, dass man sich versteckt.
Denn später (langsam auf den Fersen heben!)
Denn später wird uns ein Gefühl umschweben,
Das von Familiensinn und guten Eltern zeugt.
(Arme – beugt!)
Denn was die Frau an einem Manne reizt,
(Hüften fest – Beine spreizt! – Grundstellung)
Ist Ehrbarkeit. Nur die hat wahren Wert,
Auch auf die Dauer (Ganze Abteilung, kehrt!).
Das ist von beiden Teilen der begehrtste,
Von dem man sagt: (Rumpfbeuge) Das ist
der allerwertste.

Am Barren
(Alla donna tedesca)

Deutsche Frau, dich ruft der Barrn,
Denn dies trauliche Geländer
Fördert nicht nur Hirn und Harn,
Sondern auch die Muskelbänder,
Unterleib und Oberlippe.
Sollst, das Hüftgelenk zu stählen,
Dich im Knickstütz ihm vermählen.
Deutsches Weib, komm: Kippe, Kippe!

Deutsche Frau, nun lass dich wieder
Ellengriffs im Schwimmhang nieder.
So, nun Hackenschluss! Und schwinge!
Schwinge! Hurtig rum den Leib!
O, es gibt noch wundervolle
Dinge. Rolle vorwärts! Rolle!
Rolle rückwärts, deutsches Weib.

Deutsche Jungfrau, weg das Armband!
In die Hose! Aus dem Rocke!
Aus dem Streckstütz in den Armstand,
Nun die Flanke. Sehr gut! Danke!
Deutsches Mädchen, Hocke, Hocke!

Musst dich keck emanzipieren
Und mit kindlichem »Ätsch-Ätsche«
Über Männer triumphieren,
Musst wie Bombe und Kartätsche
Deine Kräfte demonstrieren.
Deutsches Mädchen – Grätsche! Grätsche!

Ringkampf

Gibson (sehr nervig), Australien,
Schulze, Berlin (ziemlich groß).
Beißen und Genitalien
Kratzen verboten. – Nun los!

Ob sie wohl seelisch sehr leiden?
Gibson ist blass und auch Schulz.
Warum fühlen die beiden
Wechselnd einander den Puls?

Ängstlich hustet jetzt Gibson.
Darauf schluckt Schulze Cachou.
Gibson will Schulzen jetzt stipsen.
Ha! Nun greifen sie zu.

Packen sich an, auf, hinter, neben, in,
Über, unter, vor und zwischen,
Statt, auch längs, zufolge, trotz
Stehen auf die Frage wessen.
Doch ist hier nicht zu vergessen,
Dass bei diesen letzten drei
Auch der Dativ richtig sei.

(Pfeife des Schiedsrichters.)

Wo sind die Beine von Schulze?
Wem gehört denn das Knie?
Wirr wie lebendige Sulze,
Mengt sich die Anatomie.

Ist das ein Kopf aus Australien?
Oder Gesäß aus Berlin?
Jeder versucht Repressalien,
Jeder lässt keinen entfliehn.

Hat sich der Schiedsmann bemeistert,
Lange parteilos zu sein;
Aber nun brüllt er begeistert:
»Schulze, stell ihm ein Bein!

Zwinge den Mann mit den Nerven
Nieder nach Sitte und Jus.
Kannst du dich über ihn werfen
Just wie im Koi, dann tu's!«

Wettlauf

Publikum ungeduldig scharrt –
Scharren lassen – hier Start –
Taschentuch? keins –
Schweiß –
Heiß –
Zum Beweis
Des Nichtaufgeregtseins:
Billet Spucke kneten.
Achtung: eins!
Nicht mehr Zeit auszutreten –
Was? Rauchen verbeten? –
Sie da, der Dritte, weiter zurücktreten –
Soo! – Endlich Musik –
Der bekannte
Augenblick,
Wo –
Wenn der Trikot
Nur nicht so spannte –
Schweinerei –
Wäre fatal –
Achtung: Zwei!
Teufel nochmal!
Heiliger Joseph, steh mir bei!
Achtung: Drei!
Tapelti, tapelti, tapelti
Mut!
Gut!
Kopf senken!
Arme vom Leib!
Frieda denken!
Herrliches Weib!

Schade, dass Mund stinkt!
Das war sie! – lacht! – winkt –
Oh, oh! Oh, oh!
Mein Trikot!
Vorne gespalten.
Taschentuch vorhalten –
Jetzt Quark!
Nur laufen!
10 000 Mark –
Wochenlang saufen –
Schulden bezahlen –
Tante verrückt –
Meyers prahlen –
Sieger gratuliert –
Photographiert –
Händedruck –
Tun als ob schnuppe –
Wändeschmuck –
Lorbeer-Suppe –
Zeitungs-Reklame –
Filmaufnahme –
Frieda seidenes Kleid –
Otto platzt Neid –
Engelmann – Wut –
Anton – Pump –
Aushalten! Mut!
Weg da! Lump! –
Einer von beiden –
Weg abschneiden –
Puff!
Was bild't sich –
Uff!
Gilt nicht!
Feste druff!

Gar nicht kümmern!
Schädel zertrümmern!
Zuchthaus –
Flucht – Haus –
Schande –
Tante –
Sterben –
Beerben –
Unsinn! Was Quatsch! Quatsch!
Teufel noch mal!
Laternenpfahl.
Mehr links, ach! ach!
Stopp! Frieda! Halt! Krach!
Kladderadatsch!
Knätsch daun! au! aus!
Ohhhhhh! – Publikum Applaus.

Box-Kampf

Bums! – Kock, Canada: – Bums!
Käsow aus Moskau: Puff! puff!
Kock der Canadier: – Plumps!
Richtet sich abermals uff.
Ob dann der Käsow den Kock haut,
Oder ob er das vollzieht,
Ob es im Bauchstoß, im Knock-out[1]
Oder von seitwärts geschieht –
Kurz: Es verlaufen die heit'ren
Stunden wie Kinderpipi.
Sparen wir daher die weit'ren
Termini technici.

1 Sprich – »nock«, wie Butternockerlsuppe.

Und es endet zuletzt
Reizvoll, wie es beginnt:
Kock wird tödlich verletzt.
Käsow aber gewinnt.
Leiche von Kock wird bedeckt.
Saal wird langsam geräumt.
Käsow bespült sich mit Sekt.
Leiche aus Canada träumt:
    Boxkampf –
    Boxer –
    Boxen –
    Boxel –
    Boxkalf –
    Boxtrott –
    Boxtail –.

Zum Wegräumen der Geräte

Veterinär, gleichzeitig Veteran,
Ein Mann, der 92 Jahre zählte,
Dass man zuletzt ihn aus Gewohnheit wählte,
Und trotzdem biegsam, schmiegsam wie ein Schwan.
Das war – trotz eines halbgelähmten Beines –
Der Ehrenvorstand unsres Turnvereines.
Und wirklich nahm er's noch im Dauerlauf
Und Schleuderball mit jedem Rennpferd auf.

Wettläufer sah ich – nun Gott weiß wieviel,
Doch ihrer keiner hielt wohl mit der gleichen
Bescheidenheit gelassen vor dem Ziel.
Denn niemand konnte ihm das Wasser reichen.

Dann griff er abseits zum Pokal. Und Hei!
Wie Donner klang sein Frisch-Fromm-Fröhlich-Frei.
Wie sich sein Vollbart, den er gern sich wischte,
Nach einem 80 cm-Sprung
Mit Kokosfasern einer Matte mischte,
Das bleibt mir ewig in Erinnerung.
Im Springen konnte überhaupt dem Alten
Zuletzt wohl keiner mehr die Stange halten.

Einmal, nach dem Genuss von sehr viel Weißwein,
Verstauchte er beim Spaltsitz auf dem Reck
Ganz unvermutet plötzlich sich das Steißbein.
Er aber wich und wankte nicht vom Fleck.
Im Gegenteil, er brach, um uns zu necken,
Sich noch den Sitzknorren der Sitzbeine am Becken.
Er turnte gern der Jugend etwas vor
Und mühte sich vor Buben oder Mädeln,
Die Beine in die Ringe einzufädeln,
Wobei er niemals die Geduld verlor.
Dann staunte ehrfurchtsvoll solch junges Ding,
Wenn er wie Christbaumschmuck im Nesthang hing.

Denn was ein Nesthängchen werden will, krümmt
sich beizeiten.

Kniebeuge

Kniee – beugt!
Wir Menschen sind Narren.
Sterbliche Eltern haben uns einst gezeugt.
Sterbliche Wesen werden uns später verscharren.
Schäbige Götter, wer seid ihr? und wo?
Warum lasset ihr uns nicht länger so

Menschlich verharren?
Was ist denn Leben?
Ein ewiges Zusichnehmen und Vonsichgeben. –
Schmach euch, ihr Götter, dass ihr so schlecht uns versorgt,
Dass ihr uns Geist und Würde und schöne Gestalt nur borgt.
Eure Schöpfung ist Plunder,
Das Werk sodomitischer Nachtung.
Ich blicke mit tiefster Verachtung
Auf euch hinunter.
Und redet mir nicht länger von Gnade und Milde!
Hier sitze ich; forme Menschen nach meinem Bilde.
Wehe euch, Göttern, wenn ihr uns drüben erweckt!
Beine streckt!

Felgeaufschwung

Die wir im Felgeaufschwung uns befinden,
Schwer wie das Eisen, das der Ristgriff fasst,
Und wurde uns der eigne Leib zur Last.
Und langsam sehen wir den Tag entschwinden.

Ein abgerissenes Sichvorwärtsschwingen –
Ein seelenloses Steigen über nichts. –
Von Leiden spricht das Zucken des Gesichts.
Nur in der Ferne tönt ein Vesperklingen.

Nun sinkt das Haupt herab, und wie zum Schwören
Hebt sich der Füße zages Doppelspiel.
Und abermals erlahmt die Kraft am Ziel,
Um wieder sich von neuem zu betören.

Und werden doch den toten • überwinden,
Der Geist ist willig, doch das Fleisch ist weich,
Sitzwellend einst, dem Wellensittich gleich,
So werden wir uns droben wiederfinden.

Bumerang

War einmal ein Bumerang;
War ein weniges zu lang.
Bumerang flog ein Stück,
Aber kam nicht mehr zurück.
Publikum – noch stundenlang –
Wartete auf Bumerang.

Kuttel Daddeldu

1920/21

Vom Seemann Kuttel Daddeldu

Eine Bark lief ein in Le Haver,
Von Sidnee kommend, nachts elf Uhr drei.
Es roch nach Himbeeressig am Kai,
Und nach Hundekadaver.

Kuttel Daddeldu ging an Land.
Die Rü Albani war ihm bekannt.
Er kannte nahezu alle Hafenplätze.

Weil vor dem ersten Hause ein Mädchen stand,
Holte er sich im ersten Haus von dem Mädchen die Krätze.

Weil er das aber natürlich nicht gleich empfand,
Ging er weiter, – kreuzte topplastig auf wilder Fahrt.
Achtzehn Monate Heuer hatte er sich zusammengespart.

In Nr. 6 traktierte er Eiwie und Kätchen,
In 8 besoff ihn ein neues straff lederbusiges Weib.
Nebenan bei Pierre sind allein sieben gediegene Mädchen,
Ohne die mit dem Celluloid-Unterleib.

Daddeldu, the old Seelerbeu Kuttel,
Verschenkte den Albatrosknochen,
Das Haifischrückgrat, die Schals,
Den Elefanten und die Saragossabuttel.
Das hatte er eigentlich alles der Mary versprochen,
Der anderen Mary; das war seine feste Braut.

Daddeldu – Hallo! Daddeldu,
Daddeldu wurde fröhlich und laut.
Er wollte mit höchster Verzerrung seines Gesichts
Partu einen Niggersong singen
Und »Blu beus blu«.
Aber es entrang sich ihm nichts.

Daddeldu war nicht auf die Wache zu bringen.
Daddeldu Duddel Kuttelmuttel, Katteldu
Erwachte erstaunt und singend morgens um vier
Zwischen Nasenbluten und Pomm de Schwall auf der Pier.

Daddeldu bedrohte zwecks Vorschuss den Steuermann,
Schwitzte den Spiritus aus. Und wusch sich dann.

Daddeldu ging nachmittags wieder an Land,
Wo er ein Renntiergeweih, eine Schlangenhaut,
Zwei Fächerpalmen und Eskimoschuhe erstand.
Das brachte er aus Australien seiner Braut.

Daddeldus Lied an die feste Braut

Lat man goot sin, lütte seute Marie.
Mi no ssavi!
Ich habe deine Photographie
In der Mediterriniensi
Weit draußen auf dem Meere
Damals verloren,
Als ich bei den Azoren
Mit der Bulldog beinah versoffen wäre. –

Bulldog aheu!

Swiethart! Manilahaariges Kitty-Anny-Pipi –
Oder wie du heißt –
Bulldog aheu!
Bei Jesus Chreist
Ich war – seit Konstantinopel – dir immer treu.

Scheek hends! Ehrlich und offen:
Ich bin gar nicht besoffen.

Giff öss e Whisky, du, ach du! Jesus Chreist!

Skool! bleddi Sanofebitsch – Ohne Spott:
Ich glaube, dich hat der liebe Gott
An einem Sonntag zusammengespleißt.
Weißt du, was du bist: Weißt?
Hör mich einmal ernsthaft auf mich.
Du – du bist – mein zweites Ich.
Du musst mir mal deinen Namen ausbuchstabieren,
Hein soll mir das auf den Arm tätowieren.

Mary, mach mal deinem Daddeldu
Die Hosentür zu.

Ich habe noch immer die graue Salbe von dir,
Das ist ganz egal; das ist auch ein Souvenir.
Wer mir die Salbe nimmt –
Ich bin der gutmütigste Kerl, glaub es mir;
Ich habe noch keinem Catfisch ein Haar gekrümmt –
Wenn ich zurück bin aus Schangei,
Wie Gott will hoffen, –
Wer mir die Salbe nimmt,
Dem hau ik die Kiemen entzwei.

Bulldog aheu! Ich bin nicht besoffen.
Wirklich nicht!
Wirklich nicht!

Wer mir die Salbe krümmt,
Dem renn ich die Klüsen dicht. –
Komm her, Deesy, wir schlagen die Bulldog entzwei.
Wenn ich aus Kiatschu, Kiatschau –
Porko dio Madonna! –
Mary, du alte Sau,
Wer dir die Salbe stiehlt aus Schangei,
Der wird einmal Kapitän Daddeldus Frau.

Seemannstreue

Nafikare necesse est.
Meine längste Braut war Alwine.
Ihrer blauen Augen Gelatine
Ist schon längst zerlaufen und verwest. –
Alwine sang so schön das Lied:
»Ein Jäger aus Kurpfalz«.

Wie Passatwind stand ihr der Humor.
– Sonntags morgens wurde sie bestattet
In der Heide, wo kein Bäumchen schattet,
Und auch ihre Unschuld einst verlor.

Donnerstags grub ich sie wieder aus.
Da kamen mir schon ihre Ohrlappen
So sonderbar vor.

Freitags grub ich sie dann wieder ein.
Niemand sah das in der stillen Heide. –
Montags wieder aus. Von ihrem Kleide,
Das man ihr ins Grab gegeben hatte,
Schnitt ich einer Handbreit gelber Seide,
Und die trägt mein Bruder als Krawatte. –

Gruslig wars: Bei dunklem oder feuchten
Wetter fing Alwine an zu leuchten.
Trotzdem parallel zu ihr verweilen
Wollt ich ewiglich und immerdar.
Bis sie schließlich an den weichen Teilen
Schon ganz anders und ganz flüssig war.

Aus. Ein. Aus; so grub ich viele Wochen.
Doch es hat zuletzt zu schlecht gerochen.
Und die Nase wurde blauer Saft,
Wodrin lange Fadenwürmer krochen. –
Nichts für ungut: Das war ekelhaft. –
Und zuletzt sind mir die schlüpfrigen Knochen
Ausgeglitten und in lauter Stücke zerbrochen.

Und so nahm ich Abschied von die Stücke.
Ging mit einem Schoner nach Iquique,
Ohne jemals wieder ihr Gebein
Auszugraben. Oder anzufassen.

Denn man soll die Toten schlafen lassen.

Die Weihnachtsfeier des Seemanns Kuttel Daddeldu

Die Springburn hatte festgemacht
Am Petersenkai.
Kuttel Daddeldu jumpte an Land,
Durch den Freihafen und die stille heilige Nacht
Und an dem Zollwächter vorbei.
Er schwenkte einen Bananensack in der Hand.
Damit wollte er dem Zollmann den Schädel spalten,
Wenn er es wagte, ihn anzuhalten.
Da flohen die zwei voreinander mit drohenden Reden.
Aber auf einmal trafen sich wieder beide im König
von Schweden.

Daddeldus Braut liebte die Männer vom Meere,
Denn sie stammte aus Bayern.
Und jetzt war sie bei einer Abortfrau in der Lehre,
Und bei ihr wollte Kuttel Daddeldu Weihnachten feiern.

Im König von Schweden war Kuttel bekannt als Krakehler.
Deswegen begrüßte der Wirt ihn freundlich: »Hallo old sailer!«
Daddeldu liebte solch freie herzhafte Reden,
Deswegen beschenkte er gleich den König von Schweden.

Er schenkte ihm Feigen und sechs Stück Kolibri
Und sagte: »Da nimm, du Affe!«
Daddeldu sagte nie »Sie«.
Er hatte auch Wanzen und eine Masse
Chinesischer Tassen für seine Braut mitgebracht.

Aber nun sangen die Gäste »Stille Nacht, Heilige Nacht«,
Und da schenkte er jedem Gast eine Tasse

Und behielt für die Braut nur noch drei.
Aber als er sich später mal darauf setzte,
Gingen auch diese versehentlich noch entzwei,
Ohne dass sich Daddeldu selber verletzte.

Und ein Mädchen nannte ihn Trunkenbold
Und schrie: Er habe sie an die Beine geneckt.
Aber Daddeldu zahlte alles in englischen Pfund in Gold.
Und das Mädchen steckte ihm Christbaumkonfekt
Still in die Taschen und lächelte hold
Und goss noch Genever zu dem Gilka mit Rum in den Sekt.
Daddeldu dachte an die wartende Braut.
Aber es hatte nicht sein gesollt,
Denn nun sangen sie wieder so schön und so laut.
Und Daddeldu hatte die Wanzen noch nicht verzollt,
Deshalb zahlte er alles in englischen Pfund in Gold.

Und das war alles wie Traum.
Plötzlich brannte der Weihnachtsbaum.
Plötzlich brannte das Sofa und die Tapete,
Kam eine Marmorplatte geschwirrt,
Rannte der große Spiegel gegen den kleinen Wirt.
Und die See ging hoch und der Wind wehte.

Daddeldu wankte mit einer blutigen Nase
(Nicht mit seiner eigenen) hinaus auf die Straße.
Und eine höhnische Stimme hinter ihm schrie: »Sie Daddel Sie!«
Und links und rechts schwirrten die Kolibri.

Die Weihnachtskerzen im Pavillon an der Mattentwiete
erloschen.
Die alte Abortfrau begab sich zur Ruh.
Draußen stand Daddeldu
Und suchte für alle Fälle nach einem Groschen.

Da trat aus der Tür seine Braut
Und weinte laut:
Warum er so spät aus Honolulu käme?
Ob er sich gar nicht mehr schäme?
Und klappte die Tür wieder zu.
An der Tür stand: »Für Damen«.

Es dämmerte langsam. Die ersten Kunden kamen,
Und stolperten über den schlafenden Daddeldu.

Kuttel Daddeldu besucht einen Enkel

»Mein lieber Heini! – Denn so heißt du ja wohl? –
Über die Folgen der Weiber und des Alkohol
Musst du mal deine Mutter befragen, –
Oder nein!! Besser schon gehst du
Damit zum Lehrer. – Ich will dir nur Eines sagen:
Gehe niemals zur See!! Verstehst du?

Denn das Seemannsleben ist sauer ernst und schwer;
Und wie du mich hier mit meinem weißen Bart
Siehst – du dummer Bengel, so kik doch her! –
Habe ich mir bis heute noch keinen Groschen erspart.

Mein lieber Heini! du bist heute konfirmiert oder eingesegnet.
Ich schenke dir hiermit, weil du nun eingesegnet oder gefirmt
Bist, diesen Schirm. Nicht, dass er dich jemals beschirmt.
Sondern, wenn's mal recht kabelgarndick vom Himmel regnet,
Sollst du ihn an der nächsten Kante in Stücke zerschlagen.
Denn ein rechter Kerl muss jedes Wetter vertragen
Und nur auf Gott und seinen Kaptein vertraun.
Und sollte dir jemals jemand was andres sagen,
Dem musst du deine Seekiste über den Bregen haun.

Weil ein Mann sich soll as ein Kerl benehmen,
Und lass dich nicht vor den Landratten lumpen.
Wenn wir uns auch mal im Hafen den Schlauch
vollpumpen,
Deswegen braucht sich von uns an Deck keiner zu schämen.
Denn jedes Frauenzimmer will sich doch mal amüsieren,
Und als Schiffsjunge heißt es vor allem parieren.
Wenn einem draußen solch dicker Taifun
Durch Nase und Arschloch pfeift, – –
Dann hättest du Großvater Daddeldun
Sehen sollen, wie er den Jungens die Eier schleift!

Hauptsache ist, dass man nur richtig die Lage peilt.
Was die Studierten predigen, das ist alles Beschiss.
Mein erster Bootsmann hat sich viermal die Syphilis
Nur mit Spiegelscherben und Branntwein geheilt. –
Was feixt du da, naseweiser Flegel! –
Das ist alles Wort für Wort wahr
Und gar nicht zum Lachen.

Na lass man. Du bist erst fünfzehn Jahr.
Da wollen wir beide mal heute mit vollem Segel
So einen Trip durch Sankt Pauli-Liederlich machen.«

Seemannsgedanken übers Ersaufen

Ich sterbe. Du stirbst. Er stirbt.
Viel schlimmer ist, wenn ein volles Fass verdirbt.
Aber auch wir wollen erst ausgetrunken sein.
Besauft euch beizeiten.
Alle Flüssigkeiten
Finden sich wieder ins Meer hinein,

Wo wir den Schwämmen gleich sind,
Wo uns nichts gebricht,
Weil wir weich sind.
Und wenn man in eine Leiche sticht:
Sie fühlt es nicht.
Wird mich nie mehr acht Glasen wecken,
Will ich gerne den Fischen wie Hackfleisch mit
Rührei schmecken.
Weil das mit Sinn so geschieht,
Denn die haben gewiss nicht vergessen,
Wie viel Schollen wir in uns hineingefressen.
Nur bei den Würmern im Sarge ist ein Unterschied.
Wenn uns der Haifisch beim Wickel kriegt –
Das müsste mal einer malen!
Was da wohl alles so unten beisammenliegt –
Zerbrochene Schiffe, Krebse und Apfelsinenschalen.
Frisch ersoffen also und nicht gejammert,
Aber natürlich auch nicht zu übereilt;
Wer sich nicht tapfer noch an die letzte Handuhle klammert,
Der ist im Leben nie um die Horn gesailt.
Ein Schuft, wer mehr stirbt, als er sterben muss!
Aber muss es sein, dann nicht schüchtern.
Ersaufen ist auch ein Genuss,
Und vielleicht wird man dann nie mehr nüchtern.
Denn nur über das Fleisch und die Knochen
Weiß man was, offenbar.
Aber sonst hab' ich noch keinen gesprochen,
Der richtig ersoffen war.

Kuttel Daddeldu und die Kinder

Wie Daddeldu so durch die Welten schifft,
Geschieht es wohl, dass er hie und da
Eins oder das andre von seinen Kindern trifft,
Die begrüßen dann ihren Europapa:
»Gud morning! – Sdrastwuide! – Bong Jur, Daddeldü!
Bon tscherno! Ok phosphor! Tsching – tschung! Bablabü!«
Und Daddeldu dankt erstaunt und gerührt
Und senkt die Hand in die Hosentasche
Und schenkt ihnen, was er so bei sich führt,
– – Whiskyflasche,
Zündhölzer, Opium, türkischen Knaster,
Revolverpatronen und Schweinsbeulenpflaster,
Gibt jedem zwei Dollar und lächelt: »Ei, ei!«
Und nochmals: »Ei, Ei!« – Und verschwindet dabei.

Aber Kindern von deutschen und dänischen Witwen
Pflegt er sich intensiver zu widmen.
Die weiß er dann mit den seltensten Stücken
Aus allen Ländern der Welt zu beglücken.
Elefantenzähne – Kamerun,
Mit Kognak begossnes malaiisches Huhn,
Aus Friedrichroda ein Straußenei,
Aus Tibet einen Roman von Karl May,
Einen Eskimoschlips aus Giraffenhaar,
Auch ein Stückchen versteinertes Dromedar.

Und dann spielt der poltrige Daddeldu
Verstecken, Stierkampf und Blindekuh,
Markiert einen leprakranken Schimpansen,
Lehrt seine Kinderchen Bauchtanz tanzen
Und Schiffchen schnitzen und Tabak kauen.
Und manchmal, in Abwesenheit älterer Frauen,

Tätowiert er den strampelnden Kleinchen
Anker und Kreuze auf Ärmchen und Beinchen.

Später packt er sich sechs auf den Schoß
Und lässt sich nicht lange quälen,
Sondern legt los:
Grog saufen und dabei Märchen erzählen;
Von seinem Schiffbruch bei Feuerland,
Wo eine Woge ihn an den Strand
Auf eine Korallenspitze trieb,
Wo er dann händeringend hängen blieb.
Und hatte nichts zu fressen und saufen;
Nicht mal, wenn er gewollt hätte, einen Tropfen Trinkwasser,
um seine Lippen zu benetzen,
Und kein Geld, keine Uhr zum Versetzen.
Außerdem war da gar nichts zu kaufen;
Denn dort gab's nur Löwen mit Schlangenleiber,
Sonst weder keine Menschen als auch keine Weiber.
Und er hätte gerade so gern einmal wieder
Ein kerniges Hamburger Weibstück besucht.
Und da kniete Kuttel nach Osten zu nieder.
Und als er zum drittenmal rückwärts geflucht,
Da nahte sich plötzlich der Vogel Greif,
Und Daddeldu sagte: »Ei wont ä weif.«
Und der Vogel Greif trug ihn schnell
Bald in dies Bordell, bald in jenes Bordell
Und schenkte ihm Schlackwurst und Schnaps
und so weiter. –
So erzählt Kuttel Daddeldu heiter, –
Märchen, die er ganz selber erfunden.
Und säuft. – Es verfließen die Stunden.

Die Kinder weinen. Die Märchen lallen.
Die Mutter ist längst untern Tisch gefallen,

Und Kuttel – bemüht, sie aufzuheben –
Hat sich schon zweimal dabei übergeben.
Und um die Ruhe nicht länger zu stören,
Verlässt er leise Mutter und Gören.

Denkt aber noch tagelang hinter Sizilien
An die traulichen Stunden in seinen Familien.

Wenn ich allein bin

1920/21

Das Geschwätz in der Bedürfnisanstalt in der Schellingstraße

Heute wurde Geld eingesammelt,
Wo ich angestellt bin, in dem Büro,
Für die Frau von jemand, der sich erhängte.
Eine Büchse ging rum. Und jeder schenkte.
Drei Mark; das ist bei uns immer so.

Es braucht niemand zu wissen, wodran ich bin.
Ich habe das Geld meiner Mutter gestohlen.

Ich habe noch gestern acht Mark für Kohlen
Bezahlt. Und die Alte stumpft doch bloß so hin.

Und bei ihrer Schwindsucht und sowieso
Kann es ja doch nicht mehr lange währen.
Ich kann auch nicht ewig fünf Menschen ernähren
Bei der Arbeit in dem Büro.

Ich möchte mal wieder eine Muhsik hören;
Das stimmt einen wieder mal froh.

Die Lumpensammlerin

Hält sie den Kopf gesenkt wie ein Ziegenbock,
Ihre Gemüsenase,
Ihr spitzer Höcker, ihr gestückelter Rock
Haben die gleiche farblose Drecksymphonie
Der Straße.
Mimikry.

Selbständig krabbeln ihre knöchernen Hände
Die Gosse entlang zwischen Kehricht und Schlamm,
Finden Billette, Nadeln und Horngegenstände,
Noch einen Knopf und auch einen Kamm.

Über Speichel und Rotz zittern die Finger;
Hundekötel werden wie Pferdedünger
Sachlich beiseite geschoben.
Lumpen, Kork, Papier und Metall werden aufgehoben,
Stetig – stopf – in den Sack geschoben.

Der Sack stinkt aus seinem verbuchteten Leib.
Er hat viel spitzere Höcker.
Er ist noch ziegenböcker
Als jenes arg mürbe Weib.

Schlürfend, schweigsam schleppt sie, schleift sie die Bürde.
Wenn sie jemals niesen würde,
Was wegen Verstopfung bisher nie geschah,
Würde die gute Alte zerstäuben
Wie gepusteter Paprika. –

Und was würde übrig bleiben?
Eine Schnalle von ihrem Rock,
Sieben Stecknadeln, ein Berlock,

Vergoldet oder vernickelt.
Vielleicht auch: vielmals eingewickelt
Und zwischen zwei fettigen Pappen:
Fünfzig gültige, saubere blaue Lappen.

Irgendwo würde ein Stall erbrochen,
Fände man sortiert, gestapelt, gebündelt, umschnürt
Lumpen, Stanniol, Strumpfenbänder und Knochen.

Was hat die Hexe für ein Leben geführt?
Vielleicht hat sie Lateinisch gesprochen.
Vielleicht hat einst eine Zofe sie manikürt.
Vielleicht ist sie vor tausend Jahren als Spulwurm
Durch das Gedärm eines Marsbewohners gekrochen.

Das Geseires einer Aftermieterin

Meine Stellung hatte ich verloren.
Weil ich meinem Chef zu hässlich bin.
Und nun habe ich ein Mädchen geboren,
Wo keinen Vater hat, und kein Kinn.

Als mein Vormund sich erhängte,
Besaß ich noch das Kreppdischingewand,
Was ich später der Anni schenkte.
Die war Masseuse in Helgoland.

Aber der bin ich nun böse.
Denn die ließ mich im Stich.
Und die ist gar keine Masseuse,
Sondern geht auf den –

Mir ist nichts nachzusagen.
Ich habe mit einem Zahnarzt verkehrt.
Der hat mich auf Händen getragen.
Doch ich habe mir selber mein Glück zerstört.

Das war im Englischen Garten.
Da gab mir's der Teufel ein,
Dass ich – um auf Gustav zu warten –
In der Nase bohrte, ich Schwein.

Gustav hat alles gesehn.
Er sagte: Das sei kein Benehmen.
Was hilft es nun, mich zu schämen.
Ich möchte manchmal ins Wasser gehn.

Chansonette

War ein echter Prinz und hat Warzen im Bett.
Und kniete vor jeder Schleife.
Vaters Leiche lag auf dem Bügelbrett
Und roch nach Genever und Seife.

Wenn der Pfaffe unter meine Röcke schielt,
Sagt die Alte, werd' ich Geld bekommen.
Meinem Bruder, der so schön die Flöte spielt,
Haben sie die Nieren rausgenommen.

Glaubst du noch an Gott? und spielst du Lotterie?
Meine Schwester kommt im Juli nieder.
Doch der Kerl ist ein gemeines Vieh.
Schenk mir zwanzig Mark; du kriegst sie wieder.

Außerdem: ich brauche ein Korsett,
Und ein Nadelchen mit blauen Steinen.
In ein Kloster möcht ich. Oder bei's Ballett.
Manchmal muss ich ganz von selber weinen.

Stimme auf einer steilen Treppe

Drei Söhne hab ich bei die Ulanen verloren,
Mein Mann fiel aus dem dritten Stock.
Aber – es wird lustig weitergeboren!
Ich habe nur noch den einen, den Umstandsrock.

Macht es mir nach: Werdet schwanger, ihr Weiber!
Alle Weiber müssen schwanger sein.
Dann springen die Männer vor eure geschwollenen Leiber
Links und rechts beiseite und sind ganz klein.

Aller Anfang ist schwer.
Pfeift auf die Fehlgeburten und Missgeburten. –
Wenn nicht immer mal wieder zwei Menschen hurten,
Blieben zuletzt die Wirtshäuser leer,
Gäb's keine Soldaten mehr.

Die Schweinerei ist nun doch einmal Sitte und Brauch.
Gott hat uns Weiber zu Schöpferinnen gesalbt.
Schiebt also trotzig euren geladenen Bauch
Über die Friedhöfe hin. – Und kalbt!

Worte eines durchfallkranken Stellungslosen in einen Waschkübel gesprochen

Bloß weil ich nicht aus Preußen gebürtig.
Wo hab ich nur den Impfschein verloren?
Das lange Warten auf den Korridoren,
Das ist so un –, so unwürdig.
Wären wenigstens meine Haare geschoren.
Und den Durchfall habe ich auch.
Das geht mitten im Gespräch plötzlich eiskalt aus dem Bauch.

Als mich Miss Hedwin erkannte und rief,
Die hab ich vor Jahren, in Genf, einmal – versetzt.
Nun sind meine Absätze schief.
Und sie trug ein Reitkleid und fütterte Küken.
Aber ich darf mich nicht bücken.
Denn meine – ach mein ganzes Herz ist zerfetzt.

Ob ich gespeist habe?
Ob mir die Hecke gefiele?
Ja ich habe – gespeist. – (In Genf!
Und zuletzt, vor drei Tagen, Semmel mit Senf)
Und mich können alle Hecken
Am Asche –.

Vergessen sei Genf, vergessen die ganze Schweiz!
Dürfte ich nur noch einmal in Seifhennersdorf oder Zeitz
Steine klopfen.
Ach! – ich möchte jenem verdammten
Stellenvermittlungsbeamten
Siebzehn Legitimationspapiere meines Großvaters mütterlicherseits
In den Rachen stopfen!

Auch hat mich vorübergehend durchzuckt:
Ich wollte sterben nach einer grellen Raketentat.
Ich habe Lysol und einen Drillbohrer verschluckt.
Ich sandte ein Kuvert an den Hamburger Senat;
In das Kuvert hatte ich kräftig gespuckt.

Aber niemand glaubt an den Dreck.

Nun ist meine Seife weg;
Irgend jemand stöbert in meinen Taschen. –

Ich kann mir doch nicht
Das Gesicht
Mit einem Bouillonwürfel waschen.

Nun warte ich auf gigantisches Weltgeschehn.
Wenn's mich – zusammen mit den andern – zerfleischt,
Wenn das Sterben der anderen, Glücklichen mich umkreischt,
– Dann –
Dann will ich mir eine Zigarette drehn!

Wenn ich allein bin

Wenn ich allein bin, werden meine Ohren lang,
Meine, meine Pulse horchen bang
Auf queres Kreischen, sterbenden Gesang
Und all die Stimmen scheeler Leere.

Wenn ich allein bin, leck ich meine Träne.

Wenn ich allein bin, bohrt sich meine Schere,
Die Nagelschere in die Zähne;

Sielt höhnisch träge sich herum die Zeit. –
Der Tropfen hängt. – Der Zeiger steht. –

Einmal des Monats steigt ein Postpaket
Aufrührerisch in meine Einsamkeit.
So sendet aus Meran die Tante Liese
Mir tausend fromme, aufmerksame Grüße;
Ein jeden einzeln sauber einpapiert,
Mit Schleifchen und mit Fichtengrün garniert,
Vierblätterklee und anderm Blumenschmuck –

Ich aber rupfe das Gemüse
Heraus mit einem scharfen Ruck,
Zerknülle flüchtig überfühlend
Den Alles-Gute-Wünsche-Brief
Und fische giftig tauchend, wühlend,
Aus all den Knittern und Rosetten
Das einzige, was positiv:
Zwei Mark für Zigaretten.

Die Bilder meiner Stube hängen schief.
In meiner Stube dünsten kalte Betten.

Und meine Hoffart kuscht sich. Wie ein Falter
Sich ängstlich einzwängt in die Borkenrinde.

Wenn ich allein bin, dreht mein Federhalter
Schwarzbraunen Honig aus dem Ohrgewinde.

Bin ich allein: Starb, wie ein Hund verreckt,
Hat mich ein fremdes Weib mit ihren Schleiern
Aus Mitleid oder Ekel zugedeckt.
Doch durch die Maschen seh ich Feste feiern,
Die mich vergaßen über junger Lust. –

Ich reiße auseinander meine Brust
Und lasse steigen all die Vögel, die
Ich eingekerkert, grausam dort gefangen,
Ein Leben lang gefangen hielt, und nie
Besaß. Und die mir niemals sangen.
Wenn ich allein bin, pups' ich lauten Wind.
Und bete laut. Und bin ein uralt Kind.
Wenn ich –

Ansprache eines Fremden an eine Geschminkte vor dem Wilberforcemonument

Guten Abend, schöne Unbekannte! Es ist nachts
halb zehn.
Würden Sie liebenswürdigerweise mit mir schlafen gehn?
Wer ich bin? – Sie meinen, wie ich heiße?

Liebes Kind, ich werde Sie belügen,
Denn ich schenke dir drei Pfund.
Denn ich küsse niemals auf den Mund.
Von uns beiden bin ich der Gescheitre.
Doch du darfst mich um drei weitre
Pfund betrügen.

Glaube mir, liebes Kind:
Wenn man einmal in Sansibar
Und in Tirol und im Gefängnis und in Kalkutta war,

Dann merkt man erst, dass man nicht weiß, wie sonderbar
Die Menschen sind.

Deine Ehre, zum Beispiel, ist nicht dasselbe
Wie bei Peter dem Großen L'honneur. –
Übrigens war ich – (Schenk mir das gelbe
Band!) – in Altona an der Elbe
Schaufensterdekorateur. –

Hast du das Tuten gehört?
Das ist Wilson Line.

Wie? Ich sei angetrunken? O nein, nein! Nein!
Ich bin völlig besoffen und hundsgefährlich geistesgestört.
Aber sechs Pfund sind immer ein Risiko wert.

Wie du misstrauisch neben mir gehst!
Wart nur, ich erzähle dir schnurrige Sachen.
Ich weiß: Du wirst lachen.
Ich weiß: dass sie dich auch traurig machen.
Obwohl du sie gar nicht verstehst.

Und auch ich –
Du wirst mir vertrauen, – später, in Hose und Hemd.
Mädchen wie du haben mir immer vertraut.

Ich bin etwas schief ins Leben gebaut.
Wo mir alles rätselvoll ist und fremd,
Da wohnt meine Mutter. – Quatsch! Ich bitte dich: Sei recht laut!

Ich bin eine alte Kommode.
Oft mit Tinte oder Rotwein begossen;
Manchmal mit Fußtritten geschlossen.
Der wird kichern, der nach meinem Tode
Mein Geheimfach entdeckt. –
Ach Kind, wenn du ahntest, wie Kunitzburger Eierkuchen
schmeckt!

Das ist nun kein richtiger Scherz.
Ich bin auch nicht richtig froh.
Ich habe auch kein richtiges Herz.
Ich bin nur ein kleiner, unanständiger Schalk.
Mein richtiges Herz. Das ist anderwärts, irgendwo
Im Muschelkalk.

Abendgebet einer erkälteten Negerin

Ich suche Sternengefunkel
All mein Karbunkel
Brennt Sonne dunkel.
Sonne drohet mit Stich.

Warum brennt mich die Sonne im Zorn?
Warum brennt sie gerade mich?
Warum nicht Korn?

Ich folge weißen Mannes Spur.
Der Mann war weiß und roch so gut.
Mir ist in meiner Muschelschnur
So négligé zu Mut.

Kam in mein Wigwam
Weit übers Meer,
Seit er zurückschwamm,
Das Wigwam
Blieb leer.

Drüben am Walde
Kängt ein Guruh – –

Warte nur balde
Kängurst auch Du.

Nachtgalle

Weil meine beiden Beine
Erfolglos müde sind
Und weil ich gerade einsam bin,
Wie ein hausierendes Streichholzkind,
Setz ich mich in die Anlagen hin
Und weine.

Nun hab ich lange geweint.
Es wird schon Nacht; und mir scheint,
Der liebe Gott sei beschäftigt.
Und das Leben ist – – alles, was es nur gibt:
Wahn, Krautsalat, Kampf oder Seife.
Ich erhebe mich leidlich gekräftigt.
Ich weiß eine Zeitungsfrau, die mich liebt.
Und ich pfeife.

Ein querendes Auto tutet. –
Nicht Gold noch Stein waren echt
An dem Ring, den ich gestern gefunden. –
Die nächtliche Straße blutet
Aus tausend Wunden.
Und das ist so recht.

Von einem, dem alles danebenging

Ich war aus dem Kriege entlassen,
Da ging ich einst weinend bei Nacht,
Weinend durch die Gassen.
Denn ich hatte in die Hosen gemacht.

Und ich habe nur die eine
Und niemanden, wo sie reine
Macht oder mich verlacht.

Und ich war mit meiner Wirtin der Quer.
Und ich irrte die ganze Nacht umher,
Innerlich alles voll Sorgen.
Und sie hätten vielleicht mich am Morgen
Als Leiche herausgefischt.
Aber weil doch der Morgen
Alles Leid trocknet und alle Tränen verwischt –

Feierabendklänge eines einhändigen Metalldrehers an seine Frau mit preisgekrönten Beinen

Ich hätte dem Hinz ein Ohr abgebissen?!
Wie kann der Oswald das wissen,
Dieser Speichellecker!
Der war doch damals mit die Dachdecker
Bei Wasmann in Akkord.

Hermine! Ehrenwort!
Ich habe den Hinz nur rausgeschmissen,
Weil er gesagt hat: Du hättest die Konkurrenz beschummelt,
Und ich habe ihm das verbeten
Und nur ganz leise in den Rücken getreten.

Mir ist doch wurscht, ob ihr zusammen poussiert
Und in die Wirtshäuser lauft.
Ich will nur nicht, dass ihr das Geld versauft,
Wo eigentlich mir zugebührt.

Hinz und Hillbrecht haben die Dreikantfeile und den
Vorschlaghammer an Meßmer verkauft.

Und mich haben sie ausgeschmiert.
Hinz ist überhaupt gar nicht organisiert.
Und der soll mich bloß nicht reizen,
Und deswegen könntest du immerhin die Stube heizen.

Denn wenn wir auch arm sein – –
Ich habe nur eine Hand, aber wehe, wenn sie sich ballt.
Vor den Feuern ist's heiß, und der Heimweg ist kalt.
Und wenn man nach Hause kommt, soll es dann wenigstens
warm sein.
Aber ihr treibt alle Schwindel und Betrug,
Und der Oswald ist ebenso schlecht,
Und Hinz hat an einem Ohr noch übergenug.
Und ich poche auf mein ehrliches Recht
Und lasse mich nicht von denen verkohlen.
– Schweine sind's! –
Und den Hammer und die Feile haben nicht Hillbrecht und Hinz,
Den habe ich ganz alleine gestohlen!!

Vier Treppen hoch bei Dämmerung

Du musst die Leute in die Fresse knacken.
Dann, wenn sie aufmerksam geworden sind, –
Vielleicht nach einer Eisenstange packen, –
Musst du zu ihnen wie zu einem Kind
Ganz schamlos fromm und ärmlich einfach reden
Von Dingen, die du eben noch nicht wusstest.
Und bittst sie um Verzeihung – einzeln jeden –,
Dass du sie in die Fresse schlagen musstest.
Und wenn du siegst: So sollst du traurig gehen,
Mit einem Witz. Und sie nie wieder sehen.

Frühlingsanfang auf der Bank vorm Anhalter Bahnhof

Vierter Klasse wär' es noch mehr billig.
Aber da käme ich später an.
Und dann ist die Stellung vielleicht schon vergeben,
Und die Frau Bauratswitwe sagt dann
Wieder: Ich sei arbeitsunwillig.
Und wovon soll ich dann am Freitag leben?
Am liebsten möchte ich gar nicht fahren.
Da könnten wir all das Fahrgeld sparen
Und lieber versaufen.
Und da können wir noch die beiden Weinflaschen verkaufen.
Da wird man wieder mal richtig vergnügt.
Und hauen uns nachts auf die Bretter am Halleschen Tor,
Wo manchmal der Bolzenmax liegt.
Jetzt kommen schon die Krokusse vor,
Da ist es schon nicht mehr so kalt.
Und morgen werden wir sehn, wo wir bleiben.
Da werden sie uns auseinandertreiben
Wie die Pferdeäppel auf'm Asphalt.
Ob es wohl wahr ist, wenn man noch lebt – dass man
Seine Knochen an die Akademie verkaufen kann?

Geheimes Kinder-Spiel-Buch

1924

Abzähl-Reime

Bülow, Nolle, Witte, Zoo ...
Auf dem Dache sitzt ein Floh,
Der sich nicht zu helfen wo.

Konikoki Kakadu ...
Rose auf und Rose zu.
Ferkel Ei und Ferkel Zwei.
Wer nicht fehlt, ist mit dabei.

Stachus, Kios, Kaos, Kies,
Spinne, Speise, Scheiße, schieß.
Sexu Elefant Asie.
Fische haben nie kein Knie.

Ritze Rotze Ringelratz
Zwei Miezeschwein, ein Grunzekatz.
Mein Großpapa heißt Lali,
Der wird des Nachts ganz lila.

Maikäfermalen

Setze Maikäfer in Tinte. (Es geht auch mit Fliegen.)
Zweierlei Tinte ist noch besser, schwarz und rot.
Lass sie aber nicht zu lange darin liegen,
Sonst werden sie tot.
Flügel brauchst du nicht erst rauszureißen.
Dann musst du sie alle schnell aufs Bett schmeißen
Und mit einem Bleistift so herumtreiben,
Dass sie lauter komische Bilder und Worte schreiben.
Bei mir schrieben sie einmal ein ganzes Gedicht.
— — — —
Wenn deine Mutter kommt, mache ein dummes Gesicht;
Sage ganz einfach: »Ich war es nicht!«

Himmelsklöße

(Das Spiel, das Frau Geheime Hofrat Anette von Belghausen Berlin S.W., Königgrätzerstr. 77[1], als Kind so gern gespielt hat.)

Je mehr Kinder dabei mitmachen,
Umso mehr gibt es nachher zu lachen.
— — — —
Dicke Papiere sind nicht zu gebrauchen.
Man muss Zeitung oder Briefe von Vaters Schreibtisch nehmen.
Keiner darf sich schämen,
Das Papier mit der Hand in den Nachttopf zu tauchen.
Wenn es ganz weich ist, wird es zu Klößen geballt
Und mit aller Wucht gegen die Decke geknallt.
Man darf auch vorher schnell noch Popel hineinkneten.
Solche Klöße bleiben oben minutenlang kleben.

Jedes Kind muss nun unter einen der Klöße treten
Und den offenen Mund nach der Decke erheben.
Vorher singen alle im Rund:
»Lieber Himmel, tu uns kund,
Wer hat einen bösen Mund.«
Bis der erste Kloß runterfällt
Und trifft zum Beispiel in Fannis Gesicht.
Dann wird die Fanni umstellt.
Und alle singen (nur Fanni nicht):
»Schweinehündin, Schweinehund!
Himmelsklöße taten kund:
Du hast einen bösen Mund.
Sperrt sie in den Kleiderschrank
Wegen ihrem Mordsgestank.«

— — — —

Steckt eurem Vater frech die Zunge
Heraus. Und ruft: »Prost Lausejunge!«
Dann – wenn er vorher auch noch grollte –
Vergisst er, dass er euch prügeln wollte.

Das Doktor-Knochensplitter-Spiel

Dazu braucht man nicht viel.
Nur ein Gänse- oder Hühnerknöchelchen.
Du, Berta, bohrst ein Löchelchen
Ins Sofa und schiebst das Knöchelchen
Weit rein, doch immer dicht unter die Sofahaut,
Dass man's von außen wie Knorpel anfassen kann,
Was wie Geschwulst ausschaut.
Das Sofa ist dann dein Mann.
Ich bin der Doktor Frank.
Du sagst: »Mein Mann ist so krank.«

Ich fühle und sage mit ernster Miene:
»Er hat einen Splitter im Herzen sitzen«,
Und nehme das Ölkännchen von eurer Nähmaschine,
Um erstmal Betäubung in das Geschwür einzuspritzen.
Nun kommt die Operation; das ist das Schwere.
Ich nehme ein Messer und eine Schere.
Du nimmst ein Handtuch und fürchtest dich zuzusehn;
Darum drückst du die Augen zu.
Ich tu einen scharfen Schnitt, greife dann
– das muss wie der Blitz geschehn –
Mit der Zange (das ist die Schere) im Nu
Den Knochen aus deinem Mann.
Weil, wenn ich ihn nicht beim ersten Male geschickt
Gleich rausbekomme, – ist die Operation missglückt.

— — — —

Das nächste Mal bist du Doktor Frank,
Und mein Mann ist krank.

— — — —

Angst darfst du nicht haben. Denn meine und deine
Eltern können uns – – – Weißt du, was ich meine?!?

Eine Erfindung machen

(Nur für Kinder, die keinen Schiss haben.)

Wer was erfindet, wird furchtbar reich.
Was man erfindet, ist ganz gleich.
Wenn man nur allerlei Dinge zusammenmischt,
Noch länger, als bis es zischt, und das Richtige rausfischt,
Dann wird man in wenigen Stunden
Berühmt oder macht Gold.
Ich hab auch schon mal was zur Hälfte erfunden,
Aber Wolfgang, mein Bruder, wollte nicht mehr. –

Wenn ihr das etwa fertig erfinden wollt,
Will ich's euch sagen. Aber es ist sehr, furchtbar sehr schwer.
Das allerwichtigste ist die teure
Furchtbar gefährliche Salzsäure.
Entweder findet ihr die im Klosett
Hoch oben auf einem Brett.
Oder ihr müsst euch unter das Dienstmädchen stecken.
Dürft aber ja nicht dran lecken.

— — — —

Erst legt ihr einen Goldfisch oder anderen Fisch –
Es kann auch ein Rollmops sein –
Nicht etwa auf den Tisch,
Sondern: auf Elfenbein.
Und zwar auf die weißen Tasten von dem Klavier.
Müsst aber die Fische vorher mit Bier
Und Zahnpulver kneten
Und auch erst tot treten,
Damit sie auch liegen bleiben.
Nun müsst ihr Seife, dann Zwiebel darüber reiben.
Dann müsst ihr Pfennige, Nachtleuchterstücken
Und anderes Kupfer tief in die Fische drücken
Und nun darüber langsam die Salzsäure träufeln.
Dann holt ihr schnell eine Schaufel (eigentlich zwei Schäufeln)
Voll glühender Kohlen.
Wolfgang ließ mich damals die zweite Schaufel nicht holen.
Der dumme Ochse ist ja zu unverschämt.
Aber ihr müsst das zu Ende bringen.
Wenn ihr noch Soda und Wachs und sowas zu nehmt,
Dann wird's schon gelingen.
Und wenn eure Eltern was wollen,

— — — —

Dann müsst ihr zum Trotz in die glühenden Kohlen fassen.
Und sagt nur ganz barsch: Sie sollen
Sich lieber und recht bald begraben lassen.

Sich interessant machen

(Für einen großen Backfisch.)

Du kannst doch schweigen? Du bist doch kein Kind
Mehr! – Die Lederbände im Bücherspind
Haben, wenn du die umgeschlagenen Deckel hältst,
Hinten eine kleine Höhlung im Rücken.
Dort hinein musst du weichen Käse drücken.
Außerdem kannst du Käsepfropfen
Tief zwischen die Sofapolster stopfen.

— — — —

Lasse ruhig eine Woche verstreichen.
Dann musst du immer traurig herumschleichen.
Bis die Eltern nach der Ursache fragen.
Dann tu erst, als wolltest du ausweichen,
Und zuletzt musst du so stammeln und sagen:
»Ich weiß nicht, – ich rieche überall Leichen –.«

— — — —

Deine Eltern werden furchtbar erschrecken
Und überall rumschnüffeln nach Leichengestank
Und dich mit Schokolade ins Bett stecken.
Und zum Arzt sage dann: »Ich bin seelenkrank.«

— — — —

Nur lass dich ja nicht zum Lachen verleiten.
Deine Eltern – wie Eltern so sind –
Werden bald überall verbreiten:
Du wärst so ein merkwürdiges, interessantes Kind.

Volkslied

Wenn ich zwei Vöglein wär
Und auch vier Flügel hätt,
Flög die eine Hälfte zu dir.
Und die andere, die ging auch zu Bett,
Aber hier zu Haus bei mir.

Wenn ich einen Flügel hätt
Und gar kein Vöglein wär,
Verkaufte ich ihn dir
Und kaufte mir dafür ein Klavier.

Wenn ich kein Flügel wär
(Linker Flügel beim Militär)
Und auch keinen Vogel hätt,
Flög ich zu dir.
Da 's aber nicht kann sein,
Bleib ich im eignen Bett
Allein zu zwein.

Reisebriefe eines Artisten

1927

Betrachtungen in einer Bahnhofswartehalle

Wie seine eigne Spucke schmeckt,
Das weiß man nicht.
Wenn man in seinen Spiegel leckt,
Kriegt man die Spucke zu Gesicht.

Das muss durchaus kein Spiegel sein.
Man kann aufs Sofa, auf die Hand,
Man kann auf jeden Gegenstand,
Wenn man nur richtig hintrifft, spein.

Jedoch: Tut wohl ein Gent,
Der etwas von Bazillen
Weiß und die Folgen kennt,
Bazillen das zu Willen??

Man spuckt von Bord ins Meer bei Sturm.
Man spuckt diskret vom Eiffelturm
(Bis unten sechs Sekunden).
Man spuckt an einen Litfasszaun,
Doch nie in Gegenwart von Fraun
Und stets in stillen Stunden.

Weh dem, der sie verliert!
Weh dem, der sie vergeudet,
Die Spucke! Sie bedeutet
Viel, wenn man raucht und priemt, frankiert,
Umblättert, löscht, aquarelliert.

Die eigne Spucke, Mimikry,
Verdirbt den Appetit uns nie.
Ich bin nicht ihr Entdecker.
Ich bin kein Speichellecker,
Bin kein Feinschmecker,
Doch ich liebe sie.

Ich liebe nur die meinige.
Ausnahmen sind exzeptionell
Und – frei gesagt – dann sexuell;
Obwohl ich solche Leute niemals steinige.

Manches soll man verschlucken.
Jetzt naht mein Zug. Die Zeit vergeht.
Ich weiß, in jedem Wagen steht:
»Nicht auf den Boden spucken.«

Cassel

(Die Karpfen in der Wilhelmstraße 15)

Man hat sie in den Laden
In ein intimes Bassin gesetzt.
Dort dürfen sie baden.
Äußerlich etwas ausgefranst, abgewetzt –
Scheinen sie inwendig
Doch recht lebendig.
Sie murmeln Formeln wie die Zauberer,
Als würde dadurch ihr Wasser sauberer.
Sie kauen Mayonnaise stumm im Rüssel
Und träumen sich gegen den Strich rasiert,
Sodann geläutert, getötet, erwärmt und garniert
Auf eine silberne Schüssel.

Sie enden in Kommerzienräten,
Senden die witzigste von ihren Gräten
In eine falsche Kehle.
Und ich denke mir ihre Seele
Wie eine Kellerassel,
Die Kniebeuge übt. – – –
Ja und sonst hat mich in Cassel
Nichts weiter erregt oder betrübt.

Im Park

Ein ganz kleines Reh stand am ganz kleinen Baum
Still und verklärt wie im Traum.
Das war des Nachts elf Uhr zwei.
Und dann kam ich um vier
Morgens wieder vorbei,
Und da träumte noch immer das Tier.
Nun schlich ich mich leise – ich atmete kaum –
Gegen den Wind an den Baum,
Und gab dem Reh einen ganz kleinen Stips.
Und da war es aus Gips.

Berlin

Da fährt die Hochbahn in ein Haus hinein
Und auf der andern Seite wieder raus.
Und blind und düster stemmt sich Haus an Haus.
Einmal – nicht lange – müsstest du hier sein.
Wo das aufregend gefährlich flutet und wimmelt
Und tutet und bimmelt

Am Kurfürstendamm und am Zoo.
Das Leben in Pelzen und Leder.
Es drängt einen so oder so
Leicht unter die Räder.
Sonst habe ich gut hier gefallen.
Man hat mir hohe Gagen angeboten.
Aber weißt du: jeder verkehrt hier mit allen,
Nur nicht mit stillen Menschen oder mit toten.
Ich bin so stolz darauf, dir einen Scheck zu überweisen.
Ja, ja, hier heißt es sich durchbeißen.
Das gibt mir mancherlei Lehre.
Heute ging mir beim Kofferflicken die Nagelschere
Entzwei. Not bricht Eisen. –

Frankfurt am Main

Und vieles andere: Applaus und Wein,
Freunde und Freiheit, wie es immer hieß.
Am schönsten aber, wenn ich ganz allein
In einem Winkel, der die Grüße mied,
Das taumelnd Aufgewirbelte sich setzen ließ
Und ruhig Täuschendes vom Echten schied.
Dann gingen Gott und Teufel durch die Wände;
Dann sah ich Schiffe im Polar vereist
Und sah im Waschfass deine fleiß'gen Hände.
Und ob mitunter läppisch oder feist
Die Nachbarschaft mich störte oder stank,
Was ich errechnete, war immer Dank
Nebst einer Rechnung über Apfelwein. –

Um diesen Winkel, diese Stunde –
So zwischen Tageslicht und Bühnenlicht –
Mag, so wie andres anderswo, Frankfurt am Main
Um mich gewesen sein,
Das weiß ich nicht.

Leipzig

Die Berge sind so schön, so erhaben! –
Aber es gibt hier keine. –
Wo hier zwei Menschen sind, ist keiner alleine. –
Über manche Leute, die jemand begraben,
Lache ich beinahe mich selber zu Tode. –
Fast alle Sachsen sind sächsisch. Sie zeigen sogar,
Dass die Pariser und die Londoner Mode
Vor zwei Jahren eigentlich auch sächsisch war.

Bei deiner Großmutter bin ich gewesen.
Es tut einem weh:
Sie nagelt – die Siebzigjährige – Stiele an Besen
Und trinkt – weil das jetzt am billigsten – Blutreinigungstee.
Sie hat eine alte Kommode, wertvolles, frühes Barock.
Ich klärte sie auf. Und denke dir:
Sie – unabwehrbar – schenkte sie mir,
Trug sie persönlich mir heimlich nachts ins Hotel
in den dritten Stock.

Was nun mit ihr, was mit der Kommode machen?? –
Genug für heute. Ich bin so müde gefragt.
Es ist doch billig, über die Sachsen zu lachen.
Der müsste selber ein
(und würde kein) Sachse sein,
Der einmal recht ihre Vorzüge sagt.

Guter Rausch

Denken wir jetzt nicht an den Halunken,
Der betrügt, indem er sich besäuft,
Auch nicht an den andern, der betrunken
Schimpft und androht oder Amok läuft,

Nicht an Witzler, nicht an Vielversprecher,
Noch an den, der morgen früh bereut,
Der am Tag vor Nacht- und Nacktheit scheut.
Was ich meine, gilt für andere Zecher.

Ihrer denk ich. Nach dem sechsten Glase,
Oder nach dem dritten oder zehnten,
Kommen sie – nicht etwa in Ekstase –
Sondern in den variiert ersehnten

Zustand, klar und dennoch mild zu sehn,
Mild zu horchen auf die andern, Fremden,
Und wie Engel in schneeweißen Hemden
Sozusagen vor sich selbst zu stehn.

Manchmal schießen sie mit der Pistole
Dann in sich ein ewig tiefes Loch.
Manchmal lächeln sie und trinken noch
Kognak, Zwetschenwasser, Sekt und Bowle.

Aber immer nehmen sie sich vieles
Vor und nehmen vieles still zurück
Und erkennen in Betreff des Zieles
Und der Zukunft ihren Weg zum Glück.

Und man wird um solch entrückte Zeit
Sie beneiden, und man wird sie lieben. –
Wenn sie doch – zu frühem Tod bereit –
Unverändert derart trunken blieben!

Die Strömung

Die Strömung strömte Süd-Nord-West
Und bog sich dann im Bogen.
In ihrer Mitte kam ein Rest
Von einem Boot gezogen.

Dann kam ein Wasserleichelchen;
Es war von außen offenbar
Noch ziemlich frisch.
Dahinter trieb ein Speichelchen,
Das abgesondert war
Von einem Fisch.

Dem folgte sehr viel Kohlendreck,
Das Wasser wurde trüber.
Dann gondelte verdorbener Speck
Fischunterzupft vorüber.

Dann trieb ein Balken stumpf vorbei,
Dann nichts, dann ein Stück Dichtung,
Ein Flaschenkork und andrerlei, –
Alles in gleicher Richtung.

Dann kam ein Rest von einem Boot.
Ihm folgte eine gelbe
Chinesenleiche, stark zersetzt.
Und alles, was ich sah, war tot,
War unbedeutend und zuletzt
Im Grunde stets dasselbe.

Berlin

(An den Kanälen)

Auf den Bänken
An den Kanälen
Sitzen die Menschen,
Die sich verquälen.

Sausende Lichter,
Tausend Gesichter
Blitzen vorbei: Berlin.
Nebelt Benzin …
Drunten wär's besser.

Hinter der Brücke
Flog eine Mücke
Ins Nasenloch.
Loch meiner Nase,
Nasenloch, niese doch
In die stille Straße!

Auf dem Omnibus, im Dach
Rütteln meine Knochen,
Werden gute Worte wach,
Bleiben ungesprochen. – –

Ach, da fällt mir die alte Zeitungsfrau ein –
Vanblix oder Blax soll sie heißen –
Die hat ein so seltsames Schütteln am Bein,
Dass alle Hunde sie beißen. – –

An den Kanälen
Auf den dunklen Bänken
Sitzen die Menschen, die
Sich morgens ertränken.

Kürzeste Liebe

Blöde Bauern, die den biedern
Gruß der Bürger nicht erwidern,
Menschen, die mit halbem Nicken
Danken, ohne aufzublicken.
Prüde, scheue Frauen, leise
Kinder, würdevolle Greise – – –

Aber wenn an Dorf und Feld und
Wald vorbei dein Schnellzug braust,
Du aus deinem Wagen schaust:

Ja dann stehen – stehn auch diese
Ganz dir zugewandt am Hange,
Vor dem Stalltor, auf der Wiese –.
Und sie winken. Winken lange.

Grüßen voll und grüßen frei
Dich und deine Fahrtgenossen.

Und die reinste Liebe wird vergossen
Im Vorbei.

Aufgebung

Ich lasse das Schicksal los.
Es wiegt tausend Milliarden Pfund;
Die zwinge ich doch nicht, ich armer Hund.

Wie's rutscht, wie's fällt,
Wie's trifft – so warte ich hier. –
Wer weiß denn vorher, wie ein zerknittertes Zeitungspapier
Weggeworfen im Wind sich verhält?

Wenn ich noch dem oder jener (zum Beispiel dir)
Eine Freude bereite,
Was will es dann heißen: »Er starb im Dreck«? –
Ich werfe das Schicksal nicht weg.
Es prellt mich beiseite.

Ich poche darauf: Ich war manchmal gut.
Weil ich sekundenlang redlich gewesen bin. –
Ich öffne die Hände. Nun saust das Schicksal dahin.
Ach, mir ist ungeheuer bange zumut.

Nächtlicher Heimweg

Es wippt eine Lampe durch die Nacht.
Trapp klapp –
Ich will mir denken,
Dass meine Mutter jetzt noch wacht
Und will den Hut für sie schwenken.

Wir sind nicht, wie man seien soll,
Wir haben einander nur gern,
Doch meine Mutter ist alt und ist fern.
Und mir ist das Herz heut so voll.

Da kommt eine Frau mir entgegen,
Ich will was Gutes überlegen,
Weil sie so arm und eckig aussieht.
Aber die Frau entflieht.
Ich bin ihr zu verwegen.

Nun wird es still und wunderbar.
Kein Laut auf der Straße Mitte.
Nur drüben am andern Trottoir
Gehn meine eignen Schritte.

Schnee

Zwischen den Bahngeleisen
Verträns sich morgenroter Schnee. – –
Artisten müssen reisen
Ins Gebirge und an die See,
Nach Leipzig – und immer wieder fort, fort.
Nicht aus Vergnügen und nicht zum Sport.
Manchmal tut's weh.

Der ich zu Hause bei meiner Frau
So gern noch wochenlang bliebe;
Mir schreibt eine schöne Dame:
»Komm zu uns nach Oberammergau.
Bei uns ist Christus und Liebe,
Und unser Schnee leuchtet himmelblau.« –
Aber Plakate und Zeitungsreklame
Befehlen mich leider nicht dort-,
Sondern anderwohin. Fort, fort.

Der Schnee ist schwarz und traurig
In der Stadt.
Wer da keine Unterkunft hat,
Den bedaure ich.

Der Schnee ist weiß, wo nicht Menschen sind.
Der Schnee ist weiß für jedes Kind.
Und im Frühling, wenn die Schneeglöckchen blühn,
Wird der Schnee wieder grün.

Beschnuppert im grauen Schnee ein Wauwau
Das Gelbe,
Reißt eine strenge Leine ihn fort. –
Mit mir in Oberhimmelblau
Wär's ungefähr dasselbe.

Aus meiner Kinderzeit

Vaterglückchen, Mutterschößchen,
Kinderstübchen, trautes Heim,
Knusperhexlein, Tantchen Röschen,
Kuchen schmeckt wie Fliegenleim.

Wenn ich in die Stube speie,
Lacht mein Bruder wie ein Schwein.
Wenn er lacht, haut meine Schwester.
Wenn sie haut, weint Mütterlein.

Wenn die weint, muss Vater fluchen.
Wenn er flucht, trinkt Tante Wein.
Trinkt sie Wein, schenkt sie mir Kuchen:
Wenn ich Kuchen kriege, muss ich spein.

Überall

Überall ist Wunderland.
Überall ist Leben.
Bei meiner Tante im Strumpfenband
Wie irgendwo daneben.

Überall ist Dunkelheit.
Kinder werden Väter.
Fünf Minuten später
Stirbt sich was für einige Zeit.
Überall ist Ewigkeit.

Wenn du einen Schneck behauchst,
Schrumpft er ins Gehäuse.
Wenn du ihn in Kognak tauchst,
Sieht er weiße Mäuse.

Frühling hinter Bad Nauheim

Zwei Eier, ein Brötchen, ein Hut und ein Hund –.
Am Himmel die weiße Watte,
Die ausgezupft
Den Himmel ohne Hintergrund
So ungebildet übertupft,
Erzählt mir, was ich hatte.

Erzählt mir, was ich war.
Ich hatte, was ich habe.
Aber was weiß ich, was ich bin?!
Genau so dumm und vierzig Jahr?

Ich fliege, ein krächzender Rabe,
Über mich selber hin.

Ich bin zum Glück nicht sehr gesund
Und – Gott sei Dank –
Auch nicht sehr krank.

Der Wind entführt mir meinen Hund.
Die Eier, der Kognak, das Brötchen
Schmecken heute besonders gut:
Und siehe da: Mein alter Hut
Macht Männchen und gibt Pfötchen.

Augsburg

Ich bin da im Weißen Lamm
Abgestiegen.
Leider ließ ich im Zug deinen schönen, neuen Schwamm
Liegen.
Mir bleibt nichts verschont.
Hier hat auch Goethe gewohnt –
Wollte sagen »erspart«. –

Augsburg hat doch seine Art;
Besonders wenn Markt ist und Zwiebeln, verhutzelte Weiblein
Und Butter und Gänse auf steinaltem Pflaster sich tummeln.

Dort, wo früher Hasen- und Hundemarkt war,
Schreib ich diesen Brief. Eine wunderliche
Ganz enge Kneipe – Marktleute – Kupferstiche –
Nur Schnäpse –

Verzeih, mir ist nicht ganz klar,
Aber sonderbar.
Schade nur um den herrlichen Schwamm!
Die ihn finden, die freun sich.

Auf der Reise nach Italien 1790.
Es lebe Goethe! Das Lamm! Und der Schwamm!
Ach was! Schwamm drüber! Punktum Streusand!
Prosit: Es lebe Neuseeland.

Allerdings

1928

Ich habe dich so lieb

Ich habe dich so lieb!
Ich würde dir ohne Bedenken
Eine Kachel aus meinem Ofen
Schenken.

Ich habe dir nichts getan.
Nun ist mir traurig zu Mut.
An den Hängen der Eisenbahn
Leuchtet der Ginster so gut.

Vorbei – verjährt –
Doch nimmer vergessen.
Ich reise.
Alles, was lange währt,
Ist leise.

Die Zeit entstellt
Alle Lebewesen.
Ein Hund bellt.
Er kann nicht lesen.
Er kann nicht schreiben.
Wir können nicht bleiben.

Ich lache.
Die Löcher sind die Hauptsache
An einem Sieb.

Ich habe dich so lieb.

Alte Winkelmauer

Alte Mauer, die ich oft benässe,
Weil's dort dunkel ist.
Himmlisches Gefunkel ist
In deiner Blässe.

Pilz und Feuchtigkeiten
Und der Wetterschliff der Zeiten
Gaben deiner Haut
Wogende Gesichter,
Die nur ein Dichter
Oder ein Künstler
Oder Nureiner schaut.

»Können wir uns wehren?«
Fragt's aus dir mild.
Ach, kein Buch, kein Bild
Wird mich so belehren.

Was ich an dir schaute,
Etwas davon blieb
Immer. Nie vertraute
Mauer, dich hab' ich lieb.

Weil du gar nicht predigst.
Weil du nichts erledigst.
Weil du gar nicht willst sein.
Weil mir deine Flecken
Ahnungen erwecken.
Du, eines Schattens Schein.

Nichts davon wissen
Die, die sonst hier pissen,

Doch mir winkt es: Komm!
Seit ich dich gefunden,
Macht mich für Sekunden
Meine Notdurft an dir fromm.

Schenken

Schenke groß oder klein,
Aber immer gediegen.
Wenn die Bedachten
Die Gaben wiegen,
Sei dein Gewissen rein.

Schenke herzlich und frei.
Schenke dabei,
Was in dir wohnt
An Meinung, Geschmack und Humor,
So dass die eigene Freude zuvor
Dich reichlich belohnt.

Schenke mit Geist ohne List.
Sei eingedenk,
Dass dein Geschenk
Du selber bist.

Schlummerlied

Will du auf Töpfchen?
Fühlst du ein Dürstchen?
Oder ein Würstchen?

Senke dein Köpfchen.

Draußen die schwarze, kalte
Nacht ist böse und fremd.
Deine Hände falte.
Der liebe Gott küsst dein Hemd.

Gute Ruh!
Ich bin da,
Deine Mutter, Mama;
Müde wie du.

Nichts mehr sagen –
Nicht fragen –
Nichts wissen –
Augen zu.
Horch in dein Kissen:
Es atmet wie du.

Seepferdchen

Als ich noch ein Seepferdchen war,
Im vorigen Leben,
Wie war das wonnig, wunderbar
Unter Wasser zu schweben.
In den träumenden Fluten
Wogte, wie Güte, das Haar
Der zierlichsten aller Seestuten,
Die meine Geliebte war.
Wir senkten uns still oder stiegen,
Tanzten harmonisch um einand,
Ohne Arm, ohne Bein, ohne Hand,
Wie Wolken sich in Wolken wiegen.
Sie spielte manchmal graziöses Entfliehn,
Auf dass ich ihr folge, sie hasche,
Und legte mir einmal im Ansichziehn
Eierchen in die Tasche.
Sie blickte traurig und stellte sich froh,
Schnappte nach einem Wasserfloh
Und ringelte sich
An einem Stängelchen fest und sprach so:
Ich liebe dich!
Du wieherst nicht, du äpfelst nicht,
Du trägst ein farbloses Panzerkleid
Und hast ein bekümmertes altes Gesicht,
Als wüsstest du um kommendes Leid.
Seestütchen! Schnörkelchen! Ringelnaß!
Wann war wohl das?
Und wer bedauert wohl später meine restlichen Knochen?
Es ist beinahe so, dass ich weine –
Lollo hat das vertrocknete, kleine
Schmerzverkrümmte Seepferd zerbrochen.

Olaf Gulbransson

In der freien Sonne, angesichts
Schöner Tennisspielerinnen,
Steht ein Stier.
Nur ein schmales Linnen
Bammelt ihm vorm Bauch und verdeckt nichts.

Goldig blinken kleine Einzelhärchen
Auf der nackten, braunen Haut.
Etwas brummt behaglich. Und ein Märchen
Wächst ringsum aus Gras und Kraut.

Etwas rund und blank wie Billardglatze
Wendet sich. Man sieht:

Eine undressierbar wilde Katze.
Die beugt sich zurück und zieht –
Gott weiß wie – wunderliche,
Unvergleichbar sichre Zauberstriche.

Breitbeturbant geht ein Riesenkind
In dem schon geschilderten Gewande
Grinsend durch die Wiese und den Wind
Nach dem Strande.

Einen dreisten Seehund sieht man in dem kühlen
Wasser draußen sich zu Hause fühlen.
Echter Whisky strömt durch echte Kehle.
Irgendein beschissner Tropf
Will sich über Großes lustig machen.
Eine Flasche fliegt ihm an den Kopf.
Es ertönt ein echtes Lachen.
Leise seitwärts schreitet eine zarte Weltallseele.

Trüber Tag

Zu Hause heulten die Frauen:
Das tote Kind sah aus wie Schnee.
Wir gingen, nur mein Bruder und ich, in See.
Dem Wetter war nicht zu trauen.
Wir fischten lauter Tränen aus dem Meer,
Das Netz war leer.

Was willst du von mir?

Möchtest du meine Frau werden,
Da meine Haare schon grau werden,
Schon größtenteils sind?
Möchtest du über mich lachen?
Soll ich dir Freude machen?
Oder ein Kind?

Willst du die Peitsche spüren?
Soll ich dich ausführen?
Brauchst du Geld oder einen Rat?
Willst du nur mit mir spielen?
Oder gefielen oder missfielen
Dir Taten, die ich tat?

Warum bist du so still?
Soll ich dich beklagen?
Sag doch einmal: »Ich will......«
Oder sonst ein deutliches Wort. –
Soll ich dich verjagen?
Ja. Geh zu!
Nein! – Du!
Bitte, bitte, geh nicht fort!

Heimatlose

Ich bin fast
Gestorben vor Schreck:
In dem Haus, wo ich zu Gast
War, im Versteck,
Bewegte sich,
Regte sich
Plötzlich hinter einem Brett
In einem Kasten neben dem Klosett,
Ohne Beinchen,
Stumm, fremd und nett
Ein Meerschweinchen.
Sah mich bange an,
Sah mich lange an,
Sann wohl hin und sann her,
Wagte sich
Dann heran
Und fragte mich:
»Wo ist das Meer?«

Gedicht in Bi-Sprache

Ibich habibebi dibich,
Lobittebi, sobi liebib.
Habist aubich dubi mibich
Liebib? Neibin, vebirgibib.

Nabih obidebir febirn,
Gobitt seibi dibir gubit.
Meibin Hebirz habit gebirn
Abin dibir gebirubiht.

Komm, sage mir, was du für Sorgen hast

Es zwitschert eine Lerche im Kamin,
Wenn du sie hörst.
Ein jeder Schutzmann in Berlin
Verhaftet dich, wenn du ihn störst.

Im Faltenwurfe einer Decke
Klagt ein Gesicht,
Wenn du es siehst.
Der Posten im Gefängnis schießt,
Wenn du als kleiner Sträfling ihm entfliehst.
Ich tät es nicht.

In eines Holzes Duft
Lebt fernes Land.
Gebirge schreiten durch die blaue Luft.
Ein Windhauch streicht wie Mutter deine Hand.
Und eine Speise schmeckt nach Kindersand.
Die Erde hat ein freundliches Gesicht,
So groß, dass man's von weitem nur erfasst.
Komm, sage mir, was du für Sorgen hast.
Reich willst du werden? – Warum bist du's nicht?

Genau besehn

Wenn man das zierlichste Näschen
Von seiner liebsten Braut
Durch ein Vergrößerungsgläschen
Näher beschaut,
Dann zeigen sich haarige Berge,
Dass einem graut.

An M.

Der du meine Wege mit mir gehst,
Jede Laune meiner Wimper spürst,
Meine Schlechtigkeiten duldest und verstehst – –.
Weißt du wohl, wie heiß du oft mich rührst?

Wenn ich tot bin, darfst du gar nicht trauern.
Meine Liebe wird mich überdauern
Und in fremden Kleidern dir begegnen
Und dich segnen.

Lebe, lache gut!
Mache deine Sache gut!

An den Mann im Spiegel

Du bist ein krummer, dummer Hund!
Und hast es doch so gut gehabt,
Bist gar nicht reich und bist gesund,
Auch großenteils nicht unbegabt.

Du altes Schwein im Trüffelbeet,
Weißt du auch stets, wie gut's dir geht?

Du, spring nicht über Schranken,
Die höher, als du selbst bist, sind.
Vergiss nie, täglich wie ein Kind
Für alles tief zu danken.

An meinen Kaktus

Du alter Stachelkaks,
Du bist kein Bohnerwachs,
Kein Gewächs, das die Liebe sich pflückt,
Sondern du bist nur ein bisschen verrückt.

Ich weiß, dass du wenig trinkst.
Du hast auch keinerlei Duft.
Aber, ohne dass du selber stinkst,
Saugst du Stubenmief ein wie Tropenluft.

Du springst niemals Menschen an oder Vieh.
Wer aber mit Absicht oder versehentlich
Sich einmal auf dich
Setzte, vergisst dich nie.

Ein betrunkener, lachender Neger
Schenkte dich mir, du lustiges Kleines,
Dass ich den Vater ersetze dir kantigem Ableger
Eines verrückten, stets starren Stachelschweines.

Flugzeuggedanken

1929

Flugzeuggedanken

Dort unten ist die Erde mein
Mit Bauten und Feldern des Fleißes.
Wenn ich einmal nicht mehr werde sein,
Dann graben sie mich dort unten hinein,
Ich weiß es.

Dort unten ist viel Mühe und Not
Und wenig wahre Liebe. –
Nun stelle ich mir sekundenlang
Vor, dass ich oben hier bliebe,
Ewig, und lebte und wäre doch tot – –
O, macht mich der Gedanke bang.

Mein Herz und mein Gewissen schlägt
Lauter als der Propeller.
Du Flugzeug, das so schnell mich trägt,
Flieg schneller!

Freunde, die wir nie erlebten

Ihr, die nie ich sah,
Nimmer menschlich sehe,
Seid mir nun so nah,
Wenn ich einsam gehe.

Was ich weiß, nicht wusste
Über euch, hab ich's versäumt?
Ich's verfehlt? –
Oder musste
Fern vergehn, was ich erträumt? –

Schenkte Gott die Kunst, das Wort
Ferner, Toter nachzulesen.

Ach wie heiß mich das beschlich:
Dann und dann und da und dort
Ist ein Herz wie meins gewesen,
Still für sich.

Tröstliches Gefühl: Es dächte
Später wer so über mich. –
Keine aller Erdenmächte,
Wär sie noch so übermütig,
Kann uns trennen,
Die wir Gleiche sind zu nennen.
Denn wir waren nie gesellt,
Weil der Gott uns weise, gütig
Fern vonander aufgestellt,
Wissend um die Welt.

An der Alten Elster

Wenn die Pappeln an dem Uferhange
Schrecklich sich im Sturme bogen,
Hu, wie war mir kleinem Kinde bange! –
Drohend gelb ist unten Fluss gezogen.

Jenseits, an der Pferdeschwemme,
Zog einmal ein Mann mit einer Stange
Eine Leiche an das Land.

Meine Butterbemme
Biss ein Hund mir aus der Hand. –
O wie war mir bange,
Als der große Hund plötzlich neben mir stand!

Längs des steilen Abhangs waren
Büsche, Höhlen, Übergangsgefahren. –

Dumme abenteuerliche Spiele ließen
Mich nach niemand anvertrauten Träumen
Allzuoft und allzulange
Schulzeit, Gunst und Förderndes versäumen. –
Hulewind beugte die Pappelriesen.
O wie war mir bange!

Pappeln, Hang und Fluss, wo dieses Kind
So viel heimlichstes Erleben hatte,
Sind nicht mehr. Mir spiegelt dort der glatte
Asphalt Wolken, wie sie heute sind.

Kindergebetchen

Erstes

Lieber Gott, ich liege
Im Bett. Ich weiß, ich wiege
Seit gestern fünfunddreißig Pfund.
Halte Pa und Ma gesund.
Ich bin ein armes Zwiebelchen,
Nimm mir das nicht übelchen.

Zweites

Lieber Gott, recht gute Nacht.
Ich hab noch schnell Pipi gemacht,
Damit ich von dir träume.
Ich stelle mir den Himmel vor
Wie hinterm Brandenburger Tor
Die Lindenbäume.
Nimm meine Worte freundlich hin,
Weil ich schon sehr erwachsen bin.

Drittes

Lieber Gott mit Christussohn,
Ach schenk mir doch ein Grammophon.
Ich bin ein ungezognes Kind,
Weil meine Eltern Säufer sind.
Verzeih mir, dass ich gähne.
Beschütze mich in aller Not,
Mach meine Eltern noch nicht tot
Und schenk der Oma Zähne.

An ein startendes Flugzeug

Da stehst du in nächster Nähe
Vor mir, stumm, starr, dumm und grau.
Torkle davon, du listige Krähe,
Töff töff und surr und dann auf in das Blau.

Weiß ich doch, dass du ganz genau weißt,
Was du zu tun hast, damit du fliegst.

Wenn du so leicht in den Lüften kreist,
Ein wenig wippst und ein wenig dich wiegst,
Fehlt nur noch, dass du trillerst und singst
Wie ein Vogel im erdfernen Glück.
Ach dann scheint uns: Am liebsten gingst
Du gar nicht wieder zum Boden zurück.

Um Gottes willen, du Loser, entrinn nicht
Der Erde, die doch menschlich dich schuf.
Überstürz dich auch nicht und besinn dich
Auf unser Vertraun und auf deinen Beruf.

Aus der Vogelkunde

Ich spreche von Flugmaschinen.
Sie summen lauter als Bienen
Und sind eine Kreuzung von Taube,
Ente, Maikäfer und Schiffsschraube.

Sie nisten einzeln, paar- und gruppen-
Weise in Hallen und Schuppen.

Ich habe persönlich festgestellt:
Sie bringen lebendige Junge zur Welt,
Die wie Menschen aussehn,
Wenn sie aus ihnen herausgehn.

Auch legen sie Eier und brüten
Im Krieg. Zeus möge das künftig verhüten.

Ihre Nahrung sind Menschen, Koffer, Benzin
Und Zeitungen aus Berlin.

Sie sind über die ganze Welt
Verbreitet und sehr zahm auch in Freiheit.
Außerdem sind sie der Polizeiheit
Und der Zollbehördlichkeit unterstellt.
Volkstümlich nennt man sie schlechthin Maschinen.

Ich könnte Ihnen mit Näherem dienen,
Aber ich verlange dafür
Eine Flugzeugengebühr.

Mein Wannenbad

Es muss wieder mal sein.
Also: Ich steige hinein
In zirka zwei Kubikmeter See.
Bis übern Bauch tut es weh.
Das Hähnchen plätschert in schamlosem Ton,
Ich atme und schnupfe den Fichtenozon,
Beobachte, wie die Strömung läuft,
Wie dann clam, langsam mein Schwamm sich besäuft.
Und ich ersäufe, um allen Dürsten
Gerecht zu werden, verschiedene Bürsten.

Ich seife, schrubbe, ich spüle froh.
Ich suche auf Ausguck
Vergebens nach einem ertrinkenden Floh,
Doch fort ist der Hausjuck.
Ich lehne mich weit und tief zurück,
Genieße schaukelndes Möwenglück.
Da taucht aus der blinkenden Fläche, wie
Eine Robinsoninsel, plötzlich ein Knie;
Dann – massig – mein Bauch – eines Walfisches Speck.
Und nun auf Wellen (nach meinem Belieben
Herangezogen, davongetrieben),
Als Wogenschaum spielt mein eigenster Dreck.
Und da auf dem Gipfel neptunischer Lust,
Klebt sich der Waschlappen mir an die Brust.
Brust, Wanne und Wände möchten zerspringen,
Denn ich beginne nun, dröhnend zu singen
Die allerschwersten Opernkaliber.
Das Thermometer steigt über Fieber,
Das Feuer braust, und der Ofen glüht,
Aber ich bin schon so abgebrüht,
Dass mich gelegentlich Explosionen –
– Wenn's an mir vorbeigeht – –
Erfreun, weil manchmal dabei was entzweigeht,
Was Leute betrifft, die unter mir wohnen.
Ich lasse an verschiedenen Stellen
Nach meinem Wunsch flinke Bläschen entquellen,
Erhebe mich mannhaft ins Duschengebraus.
Ich bück mich. Der Stöpsel rülpst sich hinaus,
Und während die Fluten sich gurgelnd verschlürfen,
Spannt mich das Bewusstsein wie himmlischer Zauber,
Mich überall heute zeigen zu dürfen,
Denn ich bin sauber. –

Lebhafte Winterstraße

Es gehen Menschen vor mir hin
Und gehen mir vorbei, und keiner
Davon ist so, wie ich es bin.
Es blickt ein jedes so nach seiner
Gegebenen Art in seine Welt.

Wer hat die Menschen so entstellt??

Ich sehe sie getrieben treiben.
Warum sie wohl nie stehenbleiben,
Zu sehen, was nach ihnen sieht?
Warum der Mensch vorm Menschen flieht?

Und eine weiße Weite Schnee
Verdreckt sich unter ihren Füßen.
So viele Menschen. Mir ist weh:
Keinen von ihnen darf ich grüßen.

Leben wie Karneval

Jeder summt sein Sümmchen
Oder brummt sein Brümmchen
Wie ein Bär oder wie ein Bienchen,
Wenn er ganz in sich
Hindöst. – Aber öffentlich
Zieht dann jeder, jede,
Jedes sein Mienchen. – – –

(Fällt mir plötzlich ein Gerede
Ein, eines Arztes mit schizophrenen Fraun.

Hielt der Arzt sie heimlich lieb am Zügel.
Sagte eine: »Hängen Sie meinen
Linken Lungenflügel
An den Gartenzaun!«)

Jedes flucht sein Flüchlein,
Wenn's nicht ging, wie's ihmnach gehen soll.
Manches weint ein Tüchlein
Oder scheißt ein Höslein voll.

Das störend niedrige Geschmeiß
Ist schwierig zu erreichen.
Es bleibt Gesetz: Die Schnake weiß,
Dem Kuhschwanz auszuweichen.

Zu dir

Sie sprangen aus rasender Eisenbahn
Und haben sich gar nicht weh getan.

Sie wanderten über Geleise,
Und wenn ein Zug sie überfuhr,
Dann knirschte nichts. Sie lachten nur.
Und weiter ging die Reise.

Sie schritten durch eine steinerne Wand,
Durch Stacheldrähte und Wüstenbrand,
Durch Grenzverbote und Schranken
Und durch ein vorgehaltnes Gewehr,
Durchzogen viele Meilen Meer. –

Meine Gedanken. –

Ihr Kurs ging durch, ging nie vorbei.
Und als sie dich erreichten,
Da zitterten sie und erbleichten
Und fühlten sich doch unsagbar frei.

Sehnsucht nach Berlin
(1929)

Berlin wird immer mehr Berlin.
Humorgemüt ins Große.
Das wär mein Wunsch: es anzuziehn
Wie eine schöne Hose.

Und wär Berlin dann stets um mich
Auf meinen Wanderwegen.
Berlin, ich sehne mich in dich.
Ach komm mir doch entgegen!

Meine alte Schiffsuhr

In meinem Zimmer hängt eine runde,
Alte, achteckige Segelschiffsuhr.
Sie schlägt weder Glasen noch Stunde.
Sie schlägt, wie sie will, und auch nur,

Wann sie will. Die Uhrmacher gaben
Sie alle ratlos mir zurück;
Sie wollten mit solchem Teufelsstück
Gar nichts zu tun haben.

Und gehe sie, wie sie wolle,
Ich freue mich, weil sie noch lebt.
Nur schade, dass nie eine tolle
Dünung sie senkt oder hebt

Oder schüttert. Nein, sie hängt sicher
Geborgen. Doch in ihr kreist
Ein ruhelos wunderlicher
Freibeuter-Klabautergeist.

Nachts, wenn ich still vor ihr hocke,
Dann höre ich mehr als Ticktack.
Dann klingt was wie Nebelglocke
Und ferner Hundswachenschnack.

Und manche Zeit versäume
Ich vor der spukenden, unkenden Uhr,
Indem ich davon träume,
Wie ich mit ihr nach Westindien fuhr.

7. August 1929

Ein Zeppelin fliegt übers Meer.
Aber es gibt schon heute
Ganz gut gescheite Leute,
Die interessiert das gar nicht sehr.

Der Weltenraumverkehr floriert
Seit Urzeit, niemals minder.
Wo gut? Wo schlecht? – Das interessiert
Die Greise wie die Kinder.

Was man im Leben sich erwarb,
War Gnade oder Beute.
Da ich Geburtstag feiere, starb
Die Kathi Kobus heute.

Es hat an solchen Tagen –
– – – – – –
Was wollte ich denn eigentlich sagen? –
Es hat ein Jedes was erträumt.
Es hat ein Jedes was versäumt.

Kinder-Verwirr-Buch

1931

Kleine Lügen und auch kleine
Kinder haben kurze Beine.

Das ABC ist äußerst wichtig.
Im Telefonbuch steht es richtig.

Der Klapperstorch hat krumme Beine.
Die Kinder werfen ihn mit Steine.
Aber Kinder bringt er keine.

Der Spanier lebt in fernen Zonen
Für die, die weitab davon wohnen.

Und der Osterhase legt
(Bald sehr eitel, bald bewegt)
Rührei oder Spiegelei.
Schauerlich stöhnt er dabei.

Sechs Beine hat der Elefant.
Er wird auch Missgeburt genannt.

Kind, spiele!

Kind, spiele!
Spiele Kutscher und Pferd! –
Trommle! – Baue dir viele
Häuser und Automobile! –

Koche am Puppenherd! –
Zieh deinen Püppchen die Höschen
Und Hemdchen aus! – Male dann still! –
Spiele Theater: »Dornröschen«
Und »Kasperl mit Schutzmann und Krokodil!« –

Ob du die Bleisoldaten
Stellst in die fürchterliche Schlacht,
Ob du mit Hacke und Spaten
Als Bergmann Gold suchst im Garten im Schacht,
Ob du auf eine Scheibe
Mit deinem Flitzbogen zielst, – – –

Spiele! – Doch immer bleibe
Freundlich zu allem, womit du spielst.
Weil alles (auch tote Gegenstände)
Dein Herz mehr ansieht als deine Hände.
Und weil alle Menschen (auch du, mein Kind)
Spielzeug des lieben Gottes sind.

Beinchen

Beinchen wollen stehen.
Beinchen wollen gehen,
Sich im Tanze drehen.
Beinchen wollen ruhn.
Beinchen wollen spreizen,
Wollen ihren Reizen
Jegliche Gelegenheit
Geben. Haben jederzeit
Muskulös zu tun.

Beine dick und so und so,
Beine dünn wie Stange.
Alle Beine sind doch froh.

Arme, arme Schlange!

Nie bist du ohne Nebendir

Eine Wiese singt.
Dein Ohr klingt.

Eine Telefonstange rauscht.
Ob du im Bettchen liegst
Oder über Frankfurt fliegst,
Du bist überall gesehen und belauscht.

Gonokokken kieken.
Kleine Morcheln horcheln.
Poren sind nur Ohren.
Alle Bläschen blicken.

Was du verschweigst,
Was du den andern nicht zeigst,
Was dein Mund spricht
Und deine Hand tut,
Es kommt alles ans Licht.
Sei ohnedies gut.

Die Guh gibt Milch und stammt aus Leipzig.
Wer zuviel Milch trinkt, der bekneipt sich.

Der Ochse gibt statt Milch: Spinat.
Er spielt am Nachmittage Skat.

Unter Wasser Bläschen machen

Kinder, ein Rätsel! Hört mich an!
Wer es herausbekommt, kriegt Geld! – Wie kann
Man unter Wasser Bläschen machen?
Das müsst ihr versuchen – unbedingt! –
In der Badewanne. Und wenn es gelingt,
Werdet ihr lachen.

Kinder, spielt mit einer Zwirnsrolle!

Gewaltigen Erfolg erzielt,
Wer eine große Rolle spielt.

Im Leben spielt zum Beispiel so
Ganz große Rolle: der Popo.

Denkt nach, dann könnt ihr zwischen Zeilen
Auch mit geschlossenen Augen lesen,
Dass Onkel Ringelnatz bisweilen
Ein herzbetrunkenes Kind gewesen.

Den Unterschied bei Mann und Frau
Sieht man durchs Schlüsselloch genau.

Arm Kräutchen

Ein Sauerampfer auf dem Damm
Stand zwischen Bahngeleisen,
Machte vor jedem D-Zug stramm,
Sah viele Menschen reisen

Und stand verstaubt und schluckte Qualm,
Schwindsüchtig und verloren,
Ein armes Kraut, ein schwacher Halm,
Mit Augen, Herz und Ohren.

Sah Züge schwinden, Züge nahn.
Der arme Sauerampfer
Sah Eisenbahn um Eisenbahn,
Sah niemals einen Dampfer.

Kinder, ihr müsst euch mehr zutrauen!
Ihr lasst euch von Erwachsenen belügen
Und schlagen. – Denkt mal: Fünf Kinder genügen,
Um eine Großmama zu verhauen.

Bist du schon auf der Sonne gewesen?

Bist du schon auf der Sonne gewesen?
Nein? – Dann brich dir aus einem Besen
Ein kleines Stück Spazierstock heraus
Und schleiche dich heimlich aus dem Haus
Und wandere langsam in aller Ruh
Immer direkt auf die Sonne zu.
So lange, bis es ganz dunkel geworden.
Dann öffne leise dein Taschenmesser,
Damit dich keine Mörder ermorden.
Und wenn du die Sonne nicht mehr erreichst,
Dann ist es fürs erstemal schon besser,
Dass du dich wieder nach Hause schleichst.

Kindersand

Das Schönste für Kinder ist Sand.
Ihn gibt's immer reichlich.
Er rinnt unvergleichlich
Zärtlich durch die Hand.

Weil man seine Nase behält,
Wenn man auf ihn fällt,
Ist er so weich.
Kinderfinger fühlen,
Wenn sie in ihm wühlen,
Nichts und das Himmelreich.

Denn kein Kind lacht
Über gemahlene Macht.

Kinder weinen.
Narren warten.
Dumme wissen.
Kleine meinen.
Weise gehen in den Garten.

Silvester bei den Kannibalen

Am Silvesterabend setzen
Sich die nackten Menschenfresser
Um ein Feuer, und sie wetzen
Zähneklappernd lange Messer.

Trinken dabei – das schmeckt sehr gut –
Bambus-Soda mit Menschenblut.

Dann werden aus einem tiefen Schacht
Die eingefangenen Kinder gebracht
Und kaltgemacht.
Das Rückgrat geknickt,
Die Knochen zerknackt,
Die Schenkel gespickt,
Die Lebern zerhackt,
Die Bäuchlein gewalzt,
Die Bäckchen paniert,
Die Zehen gesalzt
Und die Äuglein garniert.

Man trinkt eine Runde und noch eine Runde.
Und allen läuft das Wasser im Munde
Zusammen, ausnander und wieder zusammen.
Bis über den feierlichen Flammen
Die kleinen Kinder mit Zutaten
Kochen, rösten, schmoren und braten.

Nur dem Häuptling wird eine steinalte Frau
Zubereitet als Karpfen blau.
Riecht beinah wie Borchardt-Küche, Berlin,
Nur mehr nach Kokosfett und Palmin.

Dann Höhepunkt: Zeiger der Monduhr weist
Auf zwölf. Es entschwindet das alte Jahr.
Die Kinder und der Karpfen sind gar.
Es wird gespeist.

Und wenn die Kannibalen dann satt sind,
Besoffen und überfressen, ganz matt sind,
Dann denken sie der geschlachteten Kleinen
Mit Wehmut und fangen dann an zu weinen.

Die neuen Fernen

In der Stratosphäre,
Links vom Eingang, führt ein Gang
(Wenn er nicht verschüttet wäre)
Sieben Kilometer lang
Bis ins Ungefähre.

Dort erkennt man weit und breit
Nichts. Denn dort herrscht Dunkelheit.
Wenn man da die Augen schließt
Und sich langsam selbst erschießt,
Dann erinnert man sich gern
An den deutschen Abendstern.

Doch ihre Sterne kannst du nicht verschieben

Das Sonderbare und Wunderbare
Ist nicht imstande, ein Kind zu verwirren.
Weil Kinder wie Fliegen durch ihre Jahre
Schwirren. – Nicht wissend, wo sie sind.

Nur vor den angeblich wahren
Deutlichkeiten erschrickt ein Kind.

Das Kind muss lernen, muss bitter erfahren.
Weiß nicht, wozu das frommt.
Hört nur: Das muss so sein.

Und ein Schmerz nach dem andern kommt
In das schwebende Brüstchen hinein.
Bis das Brüstchen sich senkt
Und das Kind denkt.

Gedichte dreier Jahre

1932

Liedchen

Die Zeit vergeht.
Das Gras verwelkt.
Die Milch entsteht.
Die Kuhmagd melkt.

Die Milch verdirbt.
Die Wahrheit schweigt.
Die Kuhmagd stirbt.
Ein Geiger geigt.

Schlimme Stimmung

Ich bin so traurig satt,
Und all mein Überlegen
Vergrübelt sich entgegen,
Dorthin, wo nichts mehr Farbe hat.

Als wenn ich klug und geldreich wär
Und gar kein Herz besäße.
Ich zürne dumpf ins Ungefähr,
Betaste hohle Späße.

Und will nicht Freunde mit mir ziehn
In dieses trockene Weinen.

Ach Sonne, die so oft mir schien,
Wollest mir bitte wieder scheinen.

Pfingstbestellung

Ein Pfingstgedichtchen will heraus
Ins Freie, ins Kühne.
So treibt es mich aus meinem Haus
Ins Neue, ins Grüne.

Wenn sich der Himmel grau bezieht,
Mich stört's nicht im geringsten.
Wer meine weiße Hose sieht,
Der merkt doch: Es ist Pfingsten.

Nun hab ich ein Gedicht gedrückt,
Wie Hühner Eier legen,
Und gehe festlich und geschmückt –
Pfingstochse meinetwegen –
Dem Honorar entgegen.

Morgenwonne

Ich bin so knallvergnügt erwacht.
Ich klatsche meine Hüften.
Das Wasser lockt. Die Seife lacht.
Es dürstet mich nach Lüften.

Ein schmuckes Laken macht einen Knicks
Und gratuliert mir zum Baden.
Zwei schwarze Schuhe in blankem Wichs
Betiteln mich »Euer Gnaden«.

Aus meiner tiefsten Seele zieht
Mit Nasenflügelbeben
Ein ungeheurer Appetit
Nach Frühstück und nach Leben.

Sommerfrische

Zupf dir ein Wölkchen aus dem Wolkenweiß,
Das durch den sonnigen Himmel schreitet.
Und schmücke den Hut, der dich begleitet,
Mit einem grünen Reis.

Verstecke dich faul in die Fülle der Gräser.
Weil's wohltut, weil's frommt.
Und bist du ein Mundharmonikabläser
Und hast eine bei dir, dann spiel, was dir kommt.

Und lass deine Melodien lenken
Von dem freigegebenen Wolkengezupf.
Vergiss dich. Es soll dein Denken
Nicht weiter reichen als ein Grashüpferhupf.

Gedenken an meinen Vater

Warum ich tief Atem hole?

So hat mein Vater gern Bowle gebraut.
Nun trinken wir zwei eine Bowle.
Und du hast ihn nimmer gehört noch geschaut.

Doch wie wir beide hier zechen
Und sprechen mitnander – so ungefähr –
Meine ich – würde Vater sprechen,
Wenn er dein Liebster gewesen wär.

Je mehr ich altre und lerne,
Kommt er mir immer mehr nah.
Prost, Musch, einen Schluck auf den toten Papa!
Jetzt lächelt er jenseits der Sterne.

Es lohnt sich doch

Es lohnt sich doch, ein wenig lieb zu sein
Und alles auf das Einfachste zu schrauben.
Und es ist gar nicht Großmut zu verzeihn,
Dass andere ganz anders als wir glauben.
Und stimmte es, dass Leidenschaft Natur
Bedeutete im guten und im bösen,
Ist doch ein Knoten in dem Schuhband nur
Mit Ruhe und mit Liebe aufzulösen.

Heimliche Stunde

Ein kleiner Spuk durch die Dampfheizung ging.
Keine Uhr war aufgezogen.
Ein zu früh geborener Schmetterling
Kam auf das Schachbrett geflogen.
Es ging ein Blumenvasenblau
Mit der Sonne wie eine Schnecke.
Ich liebe Gott und meine Frau,
Meine Wohnung und meine Decke.

Der Abenteurer

»Abenteurer, wo willst du hin?«

Quer in die Gefahren,
Wo ich vor tausend Jahren
Im Traume gewesen bin.

Ich will mich treiben lassen
In Welten, die nur ein Fremder sieht.
Ich möchte erkämpfen, erfassen,
Erleben, was anders geschieht.

Ein Glück ist niemals erreicht.
Mich lockt ein fernstes Gefunkel,
Mich lockt ein raunendes Dunkel
Ins nebelhafte Vielleicht.

Was ich zuvor besessen,
Was ich zuvor gewusst,
Das will ich verlieren, vergessen. –
Ich reise durch meine eigene Brust.

Ein Liebesnacht-Wörtchen

Ja – – ja! – – ja!! – – ja!!! – –
Du hast so süße Höschen.
Nun sind wir allein. Und es ist Nacht.
Ach hätte ich dir doch ein Röschen
Mitgebracht.

Am Sachsenplatz: die Nachtigall

Es sang eine Nacht…
Eine Nachti…
Ja Nachtigall am Sachsenplatz
Heute morgen. – Hast du in Berlin
Das je gehört? – Sie sang, so schien
Es mir, für mich, für Ringelnatz.

Und gab mir doch Verlegenheit,
Weil sie dasselbe Jauchzen sang,
Das allen Dichtern früherer Zeit
Durchs Herz in ihre Verse klang.
In schöne Verse!

Nachtigall,
Besuche bitte ab und zu
Den Sachsenplatz;
Dort wohne ich. – Ich weiß, dass du
Nicht Verse suchst von Ringelnatz.

Und hatten doch die Schwärmer recht,
Die dich besangen gut und schlecht.

Im Aquarium in Berlin

Aus tiefster Nacht alles Grauen
Im Funkel kindlicher Fernseligkeit.
Deine eigenen Augen schauen
Dich an durch tausendjährige Zeit.

Zwischen atmendem Stein und Mimose
Wandert und wundert, ohne Schrei,
Ohne Klage, das nicht seelenlose
Nur seelenblinde Vorbei.

Auch dein Herz ist stehengeblieben
Und lauscht – du merkst es nicht –
Auf etwas, was nie geschrieben
Ist und was keiner spricht.

Die Träumer in der Untergrundbahn

Die Träumer in der Untergrundbahn
Haben vernebelten Blick.
Sie träumen ihre Zeit, ihr Geschick,
Beidem untertan.

Will keiner von ihnen den anderen sehn,
Will keiner vom anderen hören,
Will keines irgendwie stören.
Sie fahren. Und ihre Gedanken gehn,
Gedanken gehen, langsam, im Rund,
Laufen sich nicht die Sohlen wund.

Die Träumer in der Untergrundbahn,
Sie haben weder Klage noch Wahn.
Sie haben nicht viel zu erträumen
Unter Grund.
Sie werden ihr Ziel nicht versäumen.

Weiß nicht mehr, was ich sagen wollte

Angegriffen und doch unversehrt
Rollt ein Bächlein zu Tale.
Und ein Stahlhelm ist umgekehrt
Eine stillende Schale.

Mancher Dieb wird erwischt.
Jedes Leben erlischt.
Zu dem Staubgefäß in der Dolde
Schleicht sich auch mancher Dieb --
Ich weiß gar nicht mehr, was ich sagen wollte --
Sei lieb!

Warten auf Weißnichtwas

Ein Leierkasten wringt sich aus.
Es klingt nach Leben und Sterben.
Im Schutt im Winkel hinterm Haus
Liegen hässliche Scherben.

Am Fenster quält sich ein winziges Tier,
Läuft immer dieselbe Schleife.
Es klingelt. – Ein Armer bietet mir
Schnürsenkel an. Oder Seife.

Es ist nichts neu und nichts verstellt
An meinen Gegenständen.
Nichts lockt mich hinaus in die Außenwelt.
Nichts hält mich hinter vier Wänden.

Ein Liebesbrief
(Dezember 1930)

Von allen Seiten drängt ein drohend Grau
Uns zu. Die Luft will uns vergehen.
Ich aber kann des Himmels Blau,
Kann alles Trübe sonnvergoldet sehen.
Weil ich dich liebe, dich, du frohe Frau.

Mag sein, dass alles Böse sich
Vereinigt hat, uns breitzutreten.
Drei Rettungswege gibt's: zu beten,
Zu sterben und »Ich liebe dich!«

Und alle drei in gleicher Weise
Gewähren Ruhe, geben Mut.
Es ist wie holdes Sterben, wenn wir leise
Beten: »Ich liebe dich! Sei gut!«

Mich tröstet traurig: So ging's, so geht's.
Hat Bug wie Heck seine Wellen. –
In meinem besten Erinnern wird stets
Etwas wedeln und etwas bellen.

Wenn es unversehens ganz finster wird

Wenn es unversehens ganz finster wird – –
Wenn sich Fliegen vor dem Tod erbosen,
Summend – gegen feuchte Stirnen stoßen – –

Wenn ein Fensterblümchen sein Köpfchen versteckt –
Wenn ein Zündholzblinken dich erschreckt – –

Was bei Licht du übersehen
Hast, will es nun vor dir stehen?

Willst du Lachen gegen Lachen
Heucheln? Hohle Witze machen?
Dass du vorm Gewissen fliehst,
Öffentlich,
Lachenden Gesichts??

Hüte dich!
Weißt du, was du morgen siehst? – –
Vielleicht nur und für immer: nichts.

Schiff 1931

Wir haben keinen günstigen Wind.
Indem wir die Richtung verlieren,
Wissen wir doch, wo wir sind.
Aber wir frieren.

Und die darüber erhaben sind,
Die sollten nicht allzuviel lachen.
Denn sie werden nicht lachen, wenn sie blind
Eines Morgens erwachen.

Das Schiff, auf dem ich heute bin,
Treibt jetzt in die uferlose,
In die offene See. – Fragt ihr: »Wohin?«
Ich bin nur ein Matrose.

Nichts geschieht

Wenn wir sterben müssen,
Unsere Seele sich den Behörden entzieht,
Werden sich Liebende küssen;
Weil das Lebende trumpft.

Aber wenn nichts geschieht,
Bleibt das Leben nicht einmal stehn, sondern schrumpft.

Was heute mir ins Ohr klingt,
Ist nur, was Klage vorbringt.
Und was ich mit Augen seh
An schweigender Not, das tut weh.
Aller Frohsinn in uns ist verreist.

Und nichts geschieht. – Und der Zeiger kreist.

Und auf einmal steht es neben dir

Und auf einmal merkst du äußerlich:
Wieviel Kummer zu dir kam,
Wieviel Freundschaft leise von dir wich,
Alles Lachen von dir nahm.

Fragst verwundert in die Tage.
Doch die Tage hallen leer.
Dann verkümmert deine Klage ...
Du fragst niemanden mehr.

Lernst es endlich, dich zu fügen,
Von den Sorgen gezähmt.
Willst dich selber nicht belügen
Und erstickst es, was dich grämt.

Sinnlos, arm erscheint das Leben dir,
Längst zu lang ausgedehnt. – –
Und auf einmal – –: Steht es neben dir,
An dich angelehnt – –
Was?
Das, was du so lang ersehnt.

Ehrgeiz

Ich habe meinen Soldaten aus Blei
Als Kind Verdienstkreuzchen eingeritzt.
Mir selber ging alle Ehre vorbei,
Bis auf zwei Orden, die jeder besitzt.

Und ich pfeife durchaus nicht auf Ehre.
Im Gegenteil. Mein Ideal wäre,
Dass man nach meinem Tod (grano salis)
Ein Gässchen nach mir benennt, ein ganz schmales
Und krummes Gässchen, mit niedrigen Türchen,
Mit steilen Treppchen und feilen Hürchen,
Mit Schatten und schiefen Fensterluken.

Dort würde ich spuken.

Gedichte, Gedichte von Einstmals und Heute

1934

Spute dich!

Spute dich, ehe das Postamt schließt!
Wenn auch ein Anziehn für nur zehn Minuten
Und ein Pustegehtaus-Lauf verdrießt:
Minute spart Tage im Sputen.

Fertiggestellt und nicht abgeschickt – –,
Wem nützen halbe Sachen?
Freut man sich nicht nach Erwachen,
Wenn man schon Antwort auf gestern erblickt?
Freut man sich, wenn die Uhr nicht mehr tickt?

Versäume nichts, wenn dich der Moment
Mahnt. Irgendwer, der dich liebt und kennt,
Stirbt vielleicht fern, während du niest.
Ahnt vielleicht, dass du ihn nicht liebst. – –

Wenn du ihm jetzt schriebst,
Ihm, den du nicht wiedersiehst – –

Spute dich, ehe das Postamt schließt.

Landregen

Der Regen rauscht. Der Regen
Rauscht schon seit Tagen immerzu.

Und Käferchen ertrinken
Im Schlammrinn an den Wegen. – –
Der Wald hat Ruh.
Gelabte Blätter blinken.

Im Regenrauschen schweigen
Alle Vögel und zeigen
Sich nicht.

Es rauscht urewige Musik.

Und dennoch sucht mein Blick
Ein Streifchen helles Licht.
Fast schäm ich mich, zu sagen:
Ich sehne mich nach etwas Staub.

Ich kann das schwere, kalte Laub
Nicht länger mehr ertragen.

Und ich darf noch

Hie und da, dann und wann
Ein Wehweh. Doch im ganzen:
Ich, der ich nicht tanzen kann,
Sehe gern andere tanzen.

Noch immer in Arbeit gestellt
Und die Arbeit genießend,
Finde ich dich, ausstudierte Welt,
Immer neu fließend.

Gehe durch die Straßen einer Stadt
Um Dinge herum, die stinken.
Was Beine oder keine Beine hat,
Kann blinken oder winken.

Ich kann einen Pflasterstein,
Der am Rinnstein liegt, aufheben.
O schönes Auferdensein!
Und ich darf noch leben.

Psst!

Träume deine Träume in Ruh.

Wenn du niemandem mehr traust,
Schließe die Türen zu,
Auch deine Fenster,
Damit du nichts mehr schaust.

Sei still in deiner Stille,
Wie wenn dich niemand sieht.
Auch was dann geschieht,
Ist nicht dein Wille.

Und im dunkelsten Schatten
Lies das Buch ohne Wort.

Was wir haben, was wir hatten,
Was wir – –
Eines Morgens ist alles fort.

Zu dieser Ausgabe

Die Gedichte werden abgedruckt nach den beiden ersten Bänden der Gesamtausgabe des Herausgebers; die Kapitelüberschriften verweisen dabei auf die Gedichtsammlungen, in denen die Gedichte zu Ringelnatzens Lebzeiten erstmals gesammelt erschienen, mit Ausnahme der Rubrik »Wenn ich allein bin (1920/21)«. Hier sind thematisch ähnliche Gedichte aus den Sammlungen *Kuttel Daddeldu oder das schlüpfrige Leid* (1920) sowie aus *Die gebatikte Schusterpastete* (1921) zusammengestellt; diese beiden Bändchen bilden auch die Grundlage des Abschnitts »Kuttel Daddeldu 1920/21«. Orthographie und Interpunktion wurden behutsam dem heutigen Gebrauch angeglichen.

Nachwort

Im Jahre 1837 setzte Heinrich Heines Verleger Campe als Preis für das beste lyrische Gedicht eine goldene Feder aus; Heine war skeptisch und antwortete: »Die lyrische Poesie hat ein Ende, und Sie, lieber Campe, werden sie nicht wieder auf die Beine bringen –

Der Sangesvogel, der ist todt,
Du kannst ihn nicht erwecken!
Du kannst Dir ruhig in den Steiß
Die goldne Feder stecken.[1]

Rund neunzig Jahre später veranstaltet die *Literarische Welt* ein literarisches Preisausschreiben für die jüngste Generation; Preisrichter für die Lyrik ist Bertolt Brecht. Er verwirft alle eingesandten Gedichte (über 500), fordert »Gebrauchswert« und glaubt, dass »›rein‹ lyrische Produkte« ohnehin überschätzt würden.[2] Brechts Entscheidung, keines der eingesandten Gedichte, sondern Hannes Küppers Song auf den Champion des Berliner Sechstage-Rennens, »He! He! The Iron Man«, zu krönen, war umstritten, und sie regte sogar eine Lyrik-Anthologie an, die Klaus Mann und Willi R. Fehse 1927 herausgaben. Auf diesen aktuellen Streit spielt Robert Neumann in einer Rezen-

1 Brief vom 23. Dezember 1837; zit. nach: Heinrich Heine, *Säkularausgabe. Werke, Briefwechsel, Lebenszeugnisse*, hrsg. von den Nationalen Forschungs- und Gedenkstätten der klassischen deutschen Literatur in Weimar und dem Centre National de la Recherche Scientifique in Paris, Bd. 21: *Briefe 1831–1841*, bearb. von Fritz H. Eisner, Berlin/Paris 1970, Nr. 672, S. 242.

2 Bertolt Brecht, »Kurzer Bericht über 400 (vierhundert) junge Lyriker«; zit. nach: B. B., *Werke. Große kommentierte Berliner und Frankfurter Ausgabe*, hrsg. von Werner Hecht [u. a.], Bd. 21: *Schriften 1*, bearb. von Werner Hecht [u. a.], Berlin/Weimar 1992, S. 191.

sion von Ringelnatzens Gedichtband *Allerdings* an: »Diese Herren also [...] verkünden mit Vorliebe, dass es heutzutage keine Lyrik mehr gebe.«[3] Lyrik als die poetische Gattung hatte unter dem scheinbaren Funktionsverlust seit der Entstehung der Autonomieästhetik am stärksten zu leiden. Seit gut zweihundert Jahren wird, wie Reinhard Baumgart festgestellt hat, »in immer neuen Variationen« der Abschied von der Literatur durchgespielt;[4] so steht Brechts Forderung nach dem Gebrauchswert Goethes Klage von 1786 zur Seite: »Denn die Zeit des Schönen ist vorüber, nur die Noth und das strenge Bedürfniß erfordern unsre Tage.«[5]

Für Ringelnatz ist Literatur, ist Lyrik nie zum Problem geworden, und viele Zeitgenossen und manche Literaturwissenschaftler zählen ihn dann auch zu den ›naiven‹ Autoren, so im *Literaturlexikon*: »unliterarischer Außenseiter« und »verquerer Brettl-Philosoph« sind die Epitheta, die man ihm gern anhängt.[6] Und in der Tat ist er in einer Hinsicht ein zutiefst unmoderner Autor: Keinerlei theoretische Reflexionen begleiten seine literarische Produktion (weshalb auch die Literaturwissenschaft sich nicht an ihm abarbeiten zu können glaubt); andere Autoren seiner Generation bilden die frühesten Vertreter der deutschsprachigen literarischen Avantgarde, so Franz Kafka (* 1883), Carl Einstein (* 1885), Hugo Ball (* 1886), Hans Arp (* 1886), Gottfried Benn (* 1886) oder Kurt Schwitters (* 1887); Hans Bötticher aber, wie der am 7. August 1883 in Wurzen (Sachsen) Gebo-

3 In: *Die Literatur* 31 (1928/29), Oktober 1928, S. 64.

4 Reinhard Baumgart, *Addio. Abschied von der Literatur*, München 1995, S. 15.

5 Tagebuch der italienischen Reise für Frau von Stein, 6. Oktober 1786; zit. nach: *Goethes Werke*, hrsg. im Auftrage der Großherzogin Sophie von Sachsen, Abt. 3: *Goethes Tagebücher*, Bd. 1: *1775–1787* [bearb. von C. A. H. Burkhardt u. a.], Weimar 1887, S. 266.

6 Arnd Rühle, »Ringelnatz«, in: *Literaturlexikon. Autoren und Werke deutscher Sprache*, hrsg. von Walther Killy, München 1991, Bd. 9, S. 476.

rene eigentlich heißt, überwand das Kunstverständnis und die gesellschaftlichen Werte des 19. Jahrhunderts nur vordergründig. Anders als Walter Mehring, Kurt Tucholsky oder Erich Kästner, mit denen er oft in einem Atemzug genannt wird, steht er aber auch abseits der linken Intelligenz mit ihrer von Walter Benjamin diagnostizierten »linken Melancholie«[7].

An seine Freundin Alma Baumgarten schreibt er 1914, »die wahre Kunst wie auch die wahre Religion hätten nichts mit Politik und Krieg zu thun, sondern ständen erhaben und unverletzbar darüber«.[8] Auch nach dem Kriege hält er in einem Brief an seine Frau, die er Muschelkalk nannte, am ästhetischen Credo des Bildungsbürgertums fest, das ihm wie vieles sein Vater Georg Bötticher (1849–1918), Leipziger Lokalschriftsteller und Tapetenzeichner, vermittelt hatte: Das »Höchste, das einzig Wahre, ist Kunst und Frömmigkeit«.[9] Ringelnatz bleibt ästhetisch wie geistig der Tradition des 19. Jahrhunderts verhaftet, aber er parodiert sie gleichzeitig. Und dieses schillernde Spiel macht den Reiz seiner Werke aus und sichert ihm bei Avantgardisten wie bei Traditionalisten seinen Platz. Ringelnatz aber wusste, dass seine avantgardistischen Bewunderer nur eine Seite seines Werkes wahrnahmen; in einem Brief vom August 1921 an seine Frau klagt er: »Oh die Neuesten (sie die auf mich schwören) sie sind so blind, sie gehen so ab vom Herzen der Kunst u. fallen auf den Verstand und auf Berechnung herein.«[10]

Bis zur ›Wandlung‹ von Hans Bötticher zu Joachim Ringel-

7 Walter Benjamin, »Linke Melancholie. Zu Erich Kästners neuem Gedichtbuch«, in: *Die Gesellschaft* 8 (1931), Bd. 1, S. 181–184; hier zit. nach: *Weimarer Republik. Manifeste und Dokumente zur deutschen Literatur 1918–1933*, hrsg. von Anton Kaes, Stuttgart 1983, S. 623–625.

8 Brief vom 20. Dezember 1914: zit. nach: Joachim Ringelnatz, *Briefe*, hrsg. von Walter Pape, Berlin 1988, S. 57.

9 Brief vom 25. April 1923 (Abschrift Sammlung Gescher-Ringelnatz, Berlin; nicht in der Briefausgabe).

10 *Briefe* (s. Anm. 8), S. 217.

natz,[11] also bis 1919, hielt sich das Œuvre, auch das lyrische, ganz in traditionellen Bahnen. Die vorliegende Sammlung enthält von diesen frühen Gedichten nur zwei (S. 5), die allerdings aus dem Rahmen der sonstigen meist schwül-melancholischen Verse in der Nachfolge Heines, Eichendorffs, Geibels oder Dehmels fallen. Zwar schreibt Hans Bötticher schon zwischen 1900 und 1919 skurrile Prosa und Verse, doch gibt erst das Erlebnis der Münchner Boheme den Anstoß zur komischen Lyrik. Vor der Landung im Mekka der deutschen Vorkriegskunst jedoch verwirklicht er sich erst seine Kindheits-Abenteuersehnsüchte, indem er die kaiserlichen und nationalen Flottenträume der Jahrhundertwende ins Private umsetzt. Er fährt 1901, entgegen den literaturwissenschaftlichen Lexikon-Legenden,[12] mit Billigung des Vaters, der ihn sogar nach Hamburg begleitete, als Schiffsjunge zur See, beginnt 1903 eine kaufmännische Lehre in Hamburg, unterbrochen von einem Jahr im Marine-Militärdienst, wird Kommis in Leipzig, reist in dieser Eigenschaft, bis er 1908 in München landet, wo er zunächst, seine kaufmännische Ausbildung in die Praxis einer eigenständigen Existenz umsetzend, ein Tabakhaus betreibt, das er nach seiner ›eigentlichen‹ Tätigkeit »Tabakhaus zum Hausdichter« nennt, nämlich in Kathi Kobus' »Simplicissimus-Künstlerkneipe«. »In München. ›München‹! Schlürfe dieses Wort!« schwärmt er noch 1917 in einem Versbrief an einen seiner Vorkriegsfreunde.[13] Doch nicht seine scherzhaften Simplicissimus-Gedichte, die auf Lokalverhältnisse Bezug nehmen, sind der eigentliche lyrische Ertrag dieser Jah-

11 Hierzu und zu einer Gesamtdarstellung des Ringelnatzschen Œuvres siehe Walter Pape, *Joachim Ringelnatz. Parodie und Selbstparodie in Leben und Werk*, mit einer Joachim-Ringelnatz-Bibliogr. und einem Verz. seiner Briefe, Berlin / New York 1974, bes. S. 149–245.

12 So noch bei Rühle (s. Anm. 6).

13 Joachim Ringelnatz, *Das Gesamtwerk in sieben Bänden*, hrsg. von Walter Pape, Bd. 2: *Gedichte* 2, 2., durchges. und erw. Aufl., Zürich 1994, S. 312.

re, sondern die Gedichte der *Schnupftabaksdose* (1912; hier S. 6–8). Mit ihnen setzt er allerdings eine Tradition des 19. Jahrhunderts fort, die dem Gebildeten damals wie heute nur durch Ringelnatz und die *Galgenlieder* Christian Morgensterns vertraut geblieben ist. Alfred Liede hat diese Tradition scherzhafter Künstler-Geselligkeit, zu der auch Ringelnatzens Vater und dessen Künstler-Bekanntenkreis zählen, auch für Morgenstern eingehend beschrieben.[14] Ringelnatzens Verse haben nicht das ästhetische Raffinement und den sprachkritischen Hintergrund wie manche Gedichte Morgensterns; doch schafft er nach dem Kriege eigenständigere ›Unsinnsdichtungen‹, vor allem mit den *Turngedichten,* den Gedichten von *Kuttel Daddeldu* und mit einigen Versen von und über Kinder.

Der Erste Weltkrieg bot erst einmal die Gelegenheit, die Abenteuerträume der Kindheit fortzusetzen; als er in den Krieg zog, dachte er »an Kriegsromantik und Heldentod, und meine Brust war bis an den Rand mit Begeisterung und Abenteuerlust gefüllt«.[15] Er brachte es hinter der Front bis zum Marineoffizier. Wie wenig ihn allerdings diese Zeit als Seemann wirklich erfüllt hatte, zeigt nach dem Kriege die parodistische Verklärung der Seemannsträume: Kuttel Daddeldu. Der einst von Heldentod und Gefahren träumte, der sich noch als Reserveoffizier »wie ein Dandy«[16] pflegte, der »kleine Menubbel mit dem gewaltigen Zinken einer Nase im Gesicht« (Friedrich Luft)[17]wird jetzt zur unfrisierten Kuriositätennummer des Kabaretts: »Den Höhepunkt der Vortragskunst bildet aber Joachim Ringelnatz mit sei-

14 Alfred Liede, *Dichtung als Spiel. Studien zur Unsinnspoesie an den Grenzen der Sprache*, 2. Aufl., mit einem Nachtr. »Parodie«, erg. Auswahlbibl. und einem Vorw. neu hrsg. von Walter Pape, Berlin / New York 1992, Bd. 1, S. 273–349.

15 *Als Mariner im Krieg*, in: *Das Gesamtwerk* (s. Anm. 13), Bd. 7, S. 7.

16 Ebd., S. 237.

17 Friedrich Luft, »Salut für Kuddel [!] Daddeldu. Weil Joachim Ringelnatz jetzt 75 wäre«, in: *Die Welt*, Nr. 183, 9. August 1958.

ner blauen Lyrik; die Turngedichte und die Erzählungen von ›Diddel-Daddel-Dur‹ [!] setzen alle Lachmuskeln in Bewegung.«[18] Ein Kritiker ruft aus: »Dieses Gesicht, diese Physiognomie, dieser Kopf – so etwas hat man noch nicht gesehen!«[19]

Kurt Pinthus, der 1920 in seiner Anthologie *Menschheitsdämmerung* die repräsentative Lyrik des Expressionismus versammelt hatte, stellt drei Jahre später als Lektor im Kurt Wolff Verlag zwei Bände mit Gedichten von Ringelnatz zusammen: die *Turngedichte* und *Kuttel Daddeldu*, die bereits seit 1920 in dünnen Heftchen des Berliner Verlegers Alfred Richard Meyer zu haben waren. Im selben Jahr 1923 berichtet Pinthus über ein Programm von Trude Hesterbergs Kabarett »Wilde Bühne«: »Mittendrin aber schwankt einer auf die Bühne, über den die Leute am meisten lachen. Und gerade dieser ist die ernsthafteste Sache des Programms. Denn von diesem Ringelnatz behaupte ich, dass er der größte lyrische Dichter unserer Epoche ist.«[20] Ein Jahr später kommentiert Erich Kästner: »Merken denn so wenige, dass man keine Kabarettnummer, sondern einen Dichter vor sich hat?«[21] Das ist weniger, wie Oskar Loerke mutmaßt, »die Verbeugung vor dem Artisten«[22] als die Bewunderung der Einheit von antibürgerlicher Provokation und traditionellen Wer-

18 »Weiße Maus in der Eremitage«, in: *Groß-Berliner Neueste Nachrichten* 5 (1923) Nr. 13 (März).

19 A. C. Locher, »Joachim Ringelnatz«, in: *Wovon man spricht. Das Blatt der großen Welt* 1 (1921), Nr. 21, 24. September.

20 »Kabarett. Beispiel: Wilde Bühne«, in: *8-Uhr-Abendblatt* (Berlin), 17. Oktober 1923.

21 »Vortragsabend Joachim Ringelnatz«, in: Neue Leipziger Zeitung, 20. Oktober 1924; abgedr. in: *Das Gesamtwerk*, Bd. 2 (s. Anm. 13), S. 508.

22 Rezension von »Geheimes Kinder-Spiel-Buch«, in: *Berliner Börsen-Courier*, Nr. 153, 30. März 1924; abgedr. in: *Das Gesamtwerk*, Bd. 2 (s. Anm. 13), S. 408. Ringelnatz selbst kokettiert 1922 bei einer Umfrage mit dieser Rolle: »Ich bin doch ein Artist, und ich lese wenig«; zit. nach: *Das Gesamtwerk* (s. Anm. 13), Bd. 5, S. 244.

ten, existentieller Verlassenheit und komischer Alltagsverlorenheit, subjektiver Stimmungslyrik und öffentlichem Kabarettvortrag. Auf diese Weise schien Lyrik wieder eine Funktion jenseits der hermetischen Feier der »Zerlösung des Ichs«[23] und jenseits einer ästhetischen Selbstbezüglichkeit von Traditionalisten wie George oder Rilke zu erhalten. Denn große Lyrik im Sinne von Pinthus ist solche, die dem Zeitgefühl am besten Ausdruck verleiht.

In einem Gedicht wie »Wenn ich allein bin« (hier S. 40–42) steigert sich das private Ich zum Ichsein schlechthin,[24] wird aus der subjektiven Befindlichkeit ein objektives Bild alltäglicher Einsamkeit, das kunstvoll traditionelle lyrische Bilder, Alltagsbildlichkeit und privateste Körperlichkeit vereint: Auf »bohrt sich meine Schere, / Die Nagelschere in die Zähne« folgt »Der Tropfen hängt. – Der Zeiger steht. –« Am Schluss gibt das Gedicht selbst auf grotesk-komische Weise den Kern solchen lyrischen Sprechens preis: »Wenn ich allein bin, pups' ich lauten Wind. / Und bete laut. Und bin ein uralt Kind.« Ringelnatz modernisiert mit solchen Gedichten romantische Kindlichkeit und Subjektivität; diese Naivität erst erlaubt den spielerischen Umgang mit literarischen Traditionen und tradierten lyrischen Rollen vom betrunkenen Seemann über den Philisterschreck bis zum weisen Narren: »Vielleicht der ursprünglichste aller heutigen Dichter, in der Direktheit seines Empfindens und zugleich in der umherspringenden Wirrheit der Assoziationen«, kommentiert Kurt Pinthus die *Reisebriefe eines Artisten* (1927).[25]

Wenn Tucholsky in einer Rezension zur gleichen Gedicht-

23 Gottfried Benn, »Epilog und lyrisches Ich«, in: G. B., *Gesammelte Werke in acht Bänden*, hrsg. von Dieter Wellershoff, Bd. 8: *Autobiographische Schriften*, München 1968, S. 1880.

24 So Walter Muschg über orphische Lyrik; in: W. M., *Die dichterische Phantasie. Eine Einführung in eine Poetik*, mit einer Bibliogr. der Veröffentlichungen von Walter Muschg, Bern/München 1969, S. 64 f.

25 In: *Die literarische Welt* 3 (1927), Nr. 43, 28. Oktober, S. 5.

sammlung meint, Ringelnatzens Verse seien »am schönsten da, wo die Form ganz lapidar da steht, wie aus der Sprache gewachsen«,[26] so beschreibt er damit die ästhetische Seite zutreffend. Der Beleg, den Tucholsky dafür zitiert, wirft ein weiteres Schlaglicht auf die spezifische Art (lyrischer) Subjektivität: »Wie seine eigne Spucke schmeckt, / Das weiß man nicht.« (So beginnt das Gedicht »Betrachtungen in einer Bahnhofswartehalle«, hier S. 56 f.) Die beiden nächsten Verse aber, die Tucholsky nicht zitiert, lauten: »Wenn man in seinen Spiegel leckt, / Kriegt man die Spucke zu Gesicht.« Das ist nur auf den ersten Blick banal; ein zentrales Problem der Moderne, die Fremdheit dem eigenen Ich gegenüber und der Versuch der körperlichen Gründung des Selbstbewusstseins, wird in einfachste Bilder ›übersetzt‹. Die umstandslose körperliche Vergewisserung der eigenen Identität, die Gleichsetzung von geistigem und körperlichem Ich gehört zu den faszinierendsten Techniken Ringelnatzischer Lyrik: »Aus meiner tiefsten Seele zieht / Mit Nasenflügelbeben / Ein ungeheurer Appetit / Nach Frühstück und nach Leben« (»Morgenwonne«, hier S. 103).

Die paradoxe Rettung traditioneller Werte und lyrischer Elemente durch ihre parodistische, aber nicht zerstörerische Verkehrung ist die eigentliche Leistung von Joachim Ringelnatz. Seine Gedichte lassen sich, auch angesichts des Rückzugs ins Private und Alltägliche, lesen als Ausdruck einer (zeittypischen) existentiellen (und politischen) Ratlosigkeit und deren Umwandlung in lyrisch geglückte Einfachheit. Was viele seiner Gedichte auszeichnet, ist die Fülle der kleinen Dinge, ihre oft unvergleichliche Sinnlichkeit bei gleichzeitiger symbolischer Qualität.

26 In: *Die Weltbühne* 23 (1927), Nr. 43, 25. Oktober, S. 638 f; wieder abgedr. in: K. T., *Gesammelte Werke in 10 Bänden*, hrsg. von Mary Gerold-Tucholsky und Fritz J. Raddatz, Reinbek bei Hamburg 1975, Bd. 5, S. 353–355.

Das Beste dieser »ganz ursprünglichen, originellen und dabei schlichten Lyrik«[27] ist in diesem Bändchen versammelt. Joachim Ringelnatz, der sich stets auch als (naiver) Maler verstand, erhält 1933 Auftrittsverbot, seine Bilder werden in den Museen als »entartete Kunst« abgehängt. Eine Sammlung der Freunde für den Verarmten und schwer Erkrankten kommt zu spät: Er stirbt, 51 Jahre alt, am 17. November 1934.

27 Max Herrmann-Neiße, Rezension der *Reisebriefe eines Artisten*, in: *Die neue Bücherschau* 6 (1928), H. 2, S. 104 f.

Zeittafel

1883 Joachim Ringelnatz wird am 7. August als Hans Gustav Bötticher in Wurzen geboren.

1886/87 Umzug der Familie nach Leipzig.

1892 Für seinen Vater verfasst und illustriert Ringelnatz die *Landpartie der Tiere*, sein frühestes noch erhaltenes Werk.

1897 Verweis vom Gymnasium und Strafversetzung in eine Erziehungsanstalt.

1901 Von April bis September Arbeit auf dem Segelschiff »Elli«.

1901–09 Zahlreiche Nebenberufe (u. a. als Aushilfe in einer Schlangenbude) und abgebrochene Ausbildungen. Daneben heuert Ringelnatz wiederholt als Leichtmatrose an. Er bereist Venedig, Konstantinopel, Liverpool und viele weitere Gegenden weltweit.

1904 Einjährig-Freiwilliger bei der Kaiserlichen Marine in Kiel.

1905 Lehre in einer Hamburger Dachpappenfirma, später abgebrochen. Immatrikulation an der Universität Leipzig für Handelswissenschaften; auf Betreiben seines Vaters wird er wieder exmatrikuliert. Abdruck des Gedichts »Untergang der Jeanette« in *Auerbach's Deutschem Kinderkalender*; erste bekannte Ölbilder »Kriegsschiff« und »Dachpanorama«.

1908 Auf einer seiner vielen Reisen wird Ringelnatz in Amsterdam verhaftet, eingesperrt und schließlich nach Deutschland abgeschoben; danach kurzzeitige Stelle als Buchhalter für ein Münchner Reisebüro.

1909 Das Märchen *Der ehrliche Seemann* sowie Gedichte, Witze und Anekdoten werden in der satirischen Wochenschrift *Grobian* veröffentlicht; Beginn seiner Auftritte in der Münchner Künstlerkneipe »Simpli-

	cissimus«. Weitere Veröffentlichungen in der gleichnamigen Satirezeitschrift.
1910	*Gedichte*; *Kleine Wesen*; *Was Topf und Pfann' erzählen kann* – die ersten eigenen Buchveröffentlichungen.
1911	Private Weiterbildung u. a. in Latein, Geschichte, Literatur durch den Baron Thilo von Seebach; Reisen nach Tirol, Riga und Kurland. *Was ein Schiffsjungen-Tagebuch erzählt*, der erste Band seiner autobiographischen Schriften.
1912–13	Anstellungen als Bibliothekar und Fremdenführer. Die Gedichtsammlung *Die Schnupftabaksdose* und der Novellenband *Ein jeder lebt's* erscheinen.
1914–18	Anfangs begeisterte Teilnahme am Ersten Weltkrieg, Aufstieg zum Marineoffizier.
1917	Verbot seiner Kriegsnovellensammlung *Die Woge*.
1918	Tod des Vaters.
1919	Erblindung auf einem Auge durch die Spätfolgen einer Schlägerei. Im Dezember verfasst er die ersten Gedichte unter dem Pseudonym Joachim Ringelnatz, nach dem seemännischen Namen für das glückbringende Seepferdchen.
1920	Heirat mit der 15 Jahre jüngeren Lehrerin Leonharda Pieper; ab Herbst erfolgreiche Auftritte im Berliner Kabarett »Schall und Rauch«; schnell avanciert er zum beliebten Vortragskünstler, der viele Monate im Jahr auf Bühnen im gesamten deutschsprachigen Raum steht. Die 1920er Jahre bilden den Höhepunkt seines Erfolgs. Die Gedichtsammlung *Kuttel Daddeldu oder das schlüpfrige Leid* erscheint.
1923	Erste Auktion seiner Bilder in der Galerie Flechtheim; weitere Ausstellungen im In- und Ausland. *Turngedichte*.
1924	Tod der Mutter.

1927 *Reisebriefe eines Artisten* (Gedichtsammlung).

1928 *Allerdings* (Gedichtsammlung), *Als Mariner im Krieg* (autobiographischer Roman, unter dem Pseudonym Gustav Hester).

1932 *Gedichte dreier Jahre* (Gedichtsammlung). Uraufführung von *Die Flasche. Eine Seemannsballade* im Leipziger Schauspielhaus.

1933 Auftrittsverbote in deutschen Städten durch die Nazis. Viele von Ringelnatzens Büchern werden beschlagnahmt oder verbrannt. Ringelnatz und seine Frau verarmen, er erkrankt an Tuberkulose.

1934 Gastspiele in Basel und Zürich; die Tuberkulose bricht voll aus. Trotz Sanatoriumsaufenthalten stirbt Joachim Ringelnatz am 17. November in seiner Wohnung am Sachsenplatz in Berlin.

1945 Nach dem Krieg wächst Ringelnatzens Ruhm kontinuierlich; zahlreiche Nachdrucke seiner Werke erscheinen, Vertonungen werden produziert, Lesetouren organisiert. 1986–91 und wieder seit 2001 wird der Joachim-Ringelnatz-Preis verliehen, zunächst für Lyrik, seit 2018 in vier wechselnden Kategorien.

Inhalt

Gedichte
1910

Ich werde nicht enden zu sagen 5
Freude 5

Die Schnupftabaksdose
1912

Die Schnupftabaksdose 6
Ein männlicher Briefmark erlebte was Schönes 6
Die Ameisen 7
Es bildete sich ein Gemisch 7
An einem Teiche 7
Logik 8

Turngedichte
1920/23

Turner-Marsch 9
Klimmzug 10
Freiübungen 11
Am Barren 11
Ringkampf 12
Wettlauf 14
Box-Kampf 16
Zum Wegräumen der Geräte 17
Kniebeuge 18
Felgeaufschwung 19
Bumerang 20

Kuttel Daddeldu
1920/21

Vom Seemann Kuttel Daddeldu 21
Daddeldus Lied an die feste Braut 22
Seemannstreue 24
Die Weihnachtsfeier des Seemanns Kuttel Daddeldu 26
Kuttel Daddeldu besucht einen Enkel 28
Seemannsgedanken übers Ersaufen 29
Kuttel Daddeldu und die Kinder 31

Wenn ich allein bin
1920/21

Das Geschwätz in der Bedürfnisanstalt in der
Schellingstraße 34
Die Lumpensammlerin 35
Das Geseires einer Aftermieterin 36
Chansonette 37
Stimme auf einer steilen Treppe 38
Worte eines durchfallkranken Stellungslosen in einen
Waschkübel gesprochen 39
Wenn ich allein bin 40
Ansprache eines Fremden an eine Geschminkte vor dem
Wilberforcemonument 42
Abendgebet einer erkälteten Negerin 44
Nachtgalle 45
Von einem, dem alles danebenging 45
Feierabendklänge eines einhändigen Metalldrehers an seine
Frau mit preisgekrönten Beinen 46
Vier Treppen hoch bei Dämmerung 47
Frühlingsanfang auf der Bank vorm Anhalter Bahnhof 48

Geheimes Kinder-Spiel-Buch
1924

Abzähl-Reime 49
Maikäfermalen 50
Himmelsklöße 50
Das Doktor-Knochensplitter-Spiel 51
Eine Erfindung machen 52
Sich interessant machen 54
Volkslied 55

Reisebriefe eines Artisten
1927

Betrachtungen in einer Bahnhofswartehalle 56
Cassel 57
Im Park 58
Berlin 58
Frankfurt am Main 59
Leipzig 60
Guter Rausch 61
Die Strömung 62
Berlin (An den Kanälen) 63
Kürzeste Liebe 64
Aufgebung 64
Nächtlicher Heimweg 65
Schnee 66
Aus meiner Kinderzeit 67
Überall 67
Frühling hinter Bad Nauheim 68
Augsburg 69

Allerdings
1928

Ich habe dich so lieb 70
Alte Winkelmauer 71
Schenken 72
Schlummerlied 73
Seepferdchen 74
Olaf Gulbransson 75
TrüberTag 76
Was willst du von mir? 76
Heimatlose 77
Gedicht in Bi-Sprache 77
Komm, sage mir, was du für Sorgen hast 78
Genau besehn 78
An M. 79
An den Mann im Spiegel 79
An meinen Kaktus 80

Flugzeuggedanken
1929

Flugzeuggedanken 81
Freunde, die wir nie erlebten 82
An der Alten Elster 83
Kindergebetchen 84
An ein startendes Flugzeug 85
Aus der Vogelkunde 85
Mein Wannenbad 86
Lebhafte Winterstraße 88
Leben wie Karneval 88
Zu dir 89
Sehnsucht nach Berlin 90
Meine alte Schiffsuhr 90
7. August 1929 91

Kinder-Verwirr-Buch

1931

Kleine Lügen und auch kleine Kinder 93
Das ABC ist äußerst wichtig 93
Der Klapperstorch hat krumme Beine 93
Der Spanier lebt in fernen Zonen 93
Und der Osterhase legt 93
Sechs Beine hat der Elefant 94
Kind, spiele! 94
Beinchen 95
Nie bist du ohne Nebendir 95
Die Guh gibt Milch und stammt aus Leipzig 96
Unter Wasser Bläschen machen 96
Kinder, spielt mit einer Zwirnsrolle! 97
Den Unterschied bei Mann und Frau 97
Arm Kräutchen 97
Kinder, ihr müsst euch mehr zutrauen! 98
Bist du schon auf der Sonne gewesen? 98
Kindersand 99
Kinder weinen 99
Silvester bei den Kannibalen 99
Die neuen Fernen 101
Doch ihre Sterne kannst du nicht verschieben 101

Gedichte dreier Jahre

1932

Liedchen 102
Schlimme Stimmung 102
Pfingstbestellung 103
Morgenwonne 103
Sommerfrische 104
Gedenken an meinen Vater 104

Es lohnt sich doch 105
Heimliche Stunde 105
Der Abenteurer 105
Ein Liebesnacht-Wörtchen 106
Am Sachsenplatz: die Nachtigall 106
Im Aquarium in Berlin 107
Die Träumer in der Untergrundbahn 108
Weiß nicht mehr, was ich sagen wollte 108
Warten auf Weißnichtwas 109
Ein Liebesbrief 109
Wenn es unversehens ganz finster wird 110
Schiff 1931 111
Nichts geschieht 111
Und auf einmal steht es neben dir 112
Ehrgeiz 112

Gedichte, Gedichte von Einstmals und Heute
1934

Spute dich! 114
Landregen 115
Und ich darf noch 116
Psst! 117

Zu dieser Ausgabe 119
Nachwort 120
Zeittafel 129

RECLAM TASCHENBUCH Nr. 20601
2007, 2020 Philipp Reclam jun. GmbH & Co. KG,
Siemensstraße 32, 71254 Ditzingen
Umschlaggestaltung: Anja Grimm Gestaltung
Umschlagabbildung: © shutterstock.com / IrinaIakimova
Umschlagmaterial: SURBALIN board lissé 270 g/m^2,
peyer graphic gmbh
Druck und Bindung: GGP Media GmbH,
Karl-Marx-Straße 24, 07381 Pößneck
Printed in Germany 2020
RECLAM ist eine eingetragene Marke
der Philipp Reclam jun. GmbH & Co. KG, Stuttgart
ISBN 978-3-15-020601-0
www.reclam.de

FSC
www.fsc.org
MIX
Papier aus verantwortungsvollen Quellen
FSC® C014496

Lieblingsbücher
im Reclam Taschenbuch

Klassiker für
schöne Lesestunden

www.reclam.de

RECLAM

510 Seiten
ISBN 978-3-15-020594-5
Auch als E-Book erhältlich

Ob *Max und Moritz*, *Hans Huckebein, der Unglücksrabe*, die *fromme Helene* oder *Fipps, der Affe* – Wilhelm Buschs Bildergeschichten sind wie seine Gedichte zeitlos, klug und voller Ironie.

www.reclam.de RECLAM